2016

미래의 문학을 기다리다
문학의 미래를 꿈꾸다

문학의 미래 미래의 문학

박문수책

문학의 미래

미래의 문학

차례

illust | mogoon

미래의 문학을 기다리다 | 작가와의 만남

조해진

1976년 서울에서 태어났다. 2004년 『문예중앙』 신인문학상을 통해 작품 활동을 시작하였으며, 소설집 『천사들의 도시』 『목요일에 만나요』, 장편소설 『한없이 멋진 꿈에』 『로기완을 만났다』 『아무도 보지 못한 숲』 『여름을 지나가다』 등을 펴냈다. 2010년 대산창작기금을 수혜했고, 신동엽문학상, 젊은작가상, 이효석문학상, 무영문학상을 수상하였다.

소설은 질문이다

오늘과 같은 시대에 문학을 공부하겠다는 여러분이 정말 대단하다는 생각이 듭니다. 기특하고, 훌륭합니다. 고맙고요. 저는 소설을 쓰고 있어요. 여러분에게 무슨 말을 해야 할지 고민을 많이 했습니다. 여러분은 소설을 쓸 때 가장 고민하는 사안이 무엇인가요? 뭘 쓸까, 어떻게 쓸까, 왜 쓸까 등 다양한 고민이 있겠지요. 저도 비슷합니다. 저의 경우에는 크게 세 가지를 중점적으로 고려하게 되더라고요. 주제의 유무, 탄탄한 플롯, 좋은 문장에 대한 고민이 바로 그것입니다.

주제의 유무에 대해서 말한다는 것은 소설에 주제라는 것이 꼭 있어야 하는지를 묻는 것이겠죠. 있어야 한다면 어떤 것이 주제가 되는 걸까.

미국의 비평가 수전 손택은 이렇게 말했습니다.

작가는 의견을 내놓는 기계가 되어서는 안 됩니다. 작가가 가장 중요시해야 할 일은 의견을 갖는 것이 아니라 진실을 말하는 것입니다. 작가는 뭔가 옳은 일을 하고 지지하려는 사람보다 더 회의적이고, 스스로를 의심하는 존재입니다. 문학은 우리가 아닌, 우리의 것이 아닌 사람들을 위해 슬퍼할 능력을 길러줍니다. 문학, 세계문학을 접할 수 있다는 것은 국가적 허영, 속물주의, 강압적 지역주의, 알맹이 없는 교육, 결함 있는 운명과 불운의 감옥에서 탈출하는 길이었습니다. 문학은 더 큰 삶, 다시 말해 자유의 영역에 들어가게 해주는 여권이었습니다. 위대한 소설가는 새로운 세계, 독특하고 개성적인 세계를 창조해내며, 동시에 다른 사람과 공유하지만 더 많은 다른 사람들이 자기 세계에 갇혀 모르거나 잘못 아는 세계에 반응합니다. 역사라는 이름으로도 불리고 사회라는 이름으로도 불리는 것이지요. 진지한 소설가는 도덕적 문제를 구체적으로 생각합니다. 소설가가 하는 일은 시간을 역동하게 만들고 공간을 살려내는 일입니다. 저는 작가가 무엇을 해야 하느냐는 질문을 자주 듣는데, 이런 말을 했습니다. "여러 가지가 있겠죠. 단어를 사랑하고 문장을 두고 고민하는 것. 세계에 관심을 갖는 것."

저는 이 글을 읽기 전까지만 해도 조금 억압적으로 생각했습니다. 어떤 주제나 철학, 위대한 사명감 같은 걸 써야 한다는 강박관념이 있었어요. 소설을 쓸 때에 주제는 꼭 있어야 하는지, 그렇다면 어떤 주제여야 하는지, 위대하고 대단한 것이어야 하는지, 문단의 다른 작가들은 다 자기만의 주제가 있는데 나만 아닌 건지 항상 궁금하고 고민이 되었거든요. 이 글을 읽고 나서 작가라는 존재가 좀 더 흔들려도 되는 존재구나, 깨달음을 얻었습니다. 좀 더 방황해도 괜찮고, 확고한 신념을 가지기보다는 신념을 향해 나아가는 과정 자체가 더 중요한 게 아닌가 싶어요.

소설을 쓸 때의 저를 돌아보면 한 번도 주제를 마치 캐치프레이즈처럼 여기고 소설을 쓰진 않았던 것 같습니다. 처음에 소설을 시작할 때는 어떤 인상적인 장면을 쓰고자 하는 욕망이 먼저였어요. 예를 들어 『로기완을 만났다』의 경우, 김 작가와 로기완이 소통하는 장면, 김 작가가 '어머니의 죽음으로 나는 살아 있다'라는 로기완의 인터뷰를 읽고 공감하는 장면, 마지막에 두 사람이 길 하나를 두고 만나기 직전의 장면들을 쓰고 싶어서 소설을 시작했습니다. 그 장면들을 쓸 때 단호한 문구처럼 주제를 가지고 있지는 않았지만, 쓰는 동안 장면에 일정한 주제를 내포하고 있지 않았나 싶기도 해요. 이때의 주제라는 것은 질문의 형식을 띠고 있었어요. 과연 두 사람은 소통했다고 말할 수 있는가? 타인을 향한 연민은 진실할 수 있는가? 세계 평화 같은 명확한 주제의식을 가지고 소설을 쓰지는 않았다는 거예요.

그렇다면 하나 혹은 몇 개의 장면을 중심으로 이야기를 만들고 에피소드를 엮어내면 소설이 되는 것일까요? 그렇지는 않을 겁니다. 소설은 거짓이고 만들어진 이야기예요. 소설은 소극적으로든 적극적으로든 현실을 반영하고 있지만 결국 만들어진 세계이기 때문에 작중 인물과 사건은 선택되어야만 합니다. 이 선택의 순간에, 그러니까 어떤 인물과 어떤 사건들을 만들지 생각하는 과정에서 좀 더 본격적으로 주제에 대해 고민해야 한다고 봐요. 왜 이 이야기를 하려고 했는가? 처음 마음에 품었던 장면들을 왜 떠올렸는가? 스스로 계속 질문을 하면서 주제를 만들어가야 한다는 생각이 듭니다.

한강 작가가 인터뷰에서 "소설을 통해 질문을 이어가고 있다"라는 말을 한 적이 있어요. 작가들이 소설을 딱 하나만 쓰고 끝내지는 않잖아요. 계속 쓰고, 계속 쓰려고 하죠. 저 역시 소설을 써나가는 동안에는 그 질문이라는 것이 계속 이어지는 거구나 생각하게 되었어요. 제게도 그런 질문들이 있어요. 타자에 대한 연민, 소통에 관한 질문을 계속하고 있습니다. 이는 하나의 작품에서만이 아니라 다음 작품까지 계속 이어지는 질문이고, 이어가도록 해야 하는 질문이죠.

그래서 소설을 쓰는 사람들에게 제가 주제에 대해 하는 말은, 본인이 소설을 쓸 때 어떤 질문을 했는지를 생각해보라는 겁니다. 독자가 어떤 질문을 해주길 바라는지라고도 할 수 있겠죠. 사소한 것도 괜찮습니다. A와 B는 정말 사랑한 걸까? B와 C가 부모와 자식 관계라면, 이 관계는 정상적이라고 말할 수 있을까? 주제에 대한 강박관념을 버리고, 이런 질문이라도 만들어가야 하는 것 같습니다.

두 번째는 플롯에 대한 고민이었어요. 보르헤스가 이런 말을 했더라고요. "플롯은 독자에게 제공해야 할 최소한의 약속이다." 소설을 쓸 때 무엇이 제일 중요하냐는 질문에 저는 항상 단호하게 플롯이라고 말하곤 합니다. 물론 플롯 없이도 훌륭한 소설들이 많죠. 제임스 조이스, 버지니아 울프, 파스칼 키냐르, 이상, 한유주, 이은성 같은 작가들처럼 주인공의 사변적인 이야기나 생각들, 구체화되지 않은 인물 등에 집중해도 좋은 소설이 될 수 있는데 왜 플롯이 중요할까요? 현대 미술을 예로 들면, 정밀화나 풍경화 등 이전 세대의 기법을 해체하고 새로운 기법을 도입하면서 발전해왔잖아요. 그렇다면 소설도, 문학도 그래야 하는 것 아니냐고 생각하는 분들이 있습니다. 기존의 서사 중심이 아니라, 그것을 해체하고 새로운 예술 장르를 도입해야 한다고요. 저는 이 생각에 반대합니다. 소설의 본질은 이야기이기 때문이에요.

이야기는 전달에 목적이 있습니다. 새로운 것, 신기한 것, 더 듣고 싶은 것, 끝난 뒤에도 생각나는 것, 상상하게 되는 것. 저는 이것이 이야기라고 생각합니다. 그래서 이야기가 전달하고 전달받는 것이라면, 독자에게 인상적으로 남을 수 있도록 좀 더 재미있는 방식으로 이루어져야 한다고 봐요. 이런 생각을 하다 보면 소설이 작가의 것인지, 독자의 것인지 의문이 들게 되는데요. 소설이 작가의 창작적 소질의 집대성이고, 장르 특성상 작가의 문제의식이 중요하기는 하지만 독자가 의미 있게 읽지 않는다면 소설이라고 부를 수 있을까요? 한두 편 정도는 자신을 위해 쓸 수도 있겠지만, 앞으로 쓰는 모든 소설을 나 자신만을 위해서 쓸 수는 없잖아요. 그럴 거면 일기를 쓰거나 트위터를 하면 되겠죠.

따라서 소설가는 화가나 시인보다는 독자를 배려해야 한다고 생각합니다. 화폭의 색깔, 실루엣, 구도 같은 것들은 눈에 보이잖아요. 시도 한 페이지 혹은 몇 페이지에 걸쳐 있는 글자들을 읽고 거기서 나온 감성 같은 것들을 받아들이면 되는 거죠. 그런데 소설은 굉장히 긴 분량으로 누가 해주는 이야기를 듣는 장르이기 때문에 좀 더 친절해야 한다는 쪽입니다. 그러려면 같은 이야기라도 작가로서 좀 더 재미있게, 독자가 집중할 수 있게 구성할 줄 알아야 한다고 생각해요. 즉, 플롯을 짤 줄 알아야 한다는 겁니다. 플롯 자체가 중요한 탐정소설이나 스릴러 같은 것들을 쓰라는 게 아니에요. 순수 문학이어도 플롯을 중요하게 여기고 한 번 더 독자 입장에서 생각하고 써보라고 말하고 싶습니다.

마지막은 좋은 문장이 무엇인가에 대한 고민입니다. 소설은 언어로 된 예술이기 때문에 당연히 문장에 대해 고민할 수밖에요.

가끔 질문을 받습니다. 좋은 문장을 쓰려면 어떻게 해야 하냐고요. 사실 정답은 없어요. 소설의 문장은 문체라고 하잖아요. 영어로는 스타일이라고 하는데, 고유한 영역이기 때문에 그렇게 번역되는 거겠죠. 따라서 문장은 스스로 만들 수밖에 없어요. 많이 읽고 많이 쓰는 수밖에 없는 그런 영역인 것 같습니다. 시간에 비례해서 좋아지는. 그런데 제가 등단할 무렵에 가졌던 좋은 문장에 대한 생각과, 12년에 걸쳐서 글을 쓰면서 갖게 된 좋은 문장에 대한 생각은 좀 다릅니다.

등단할 무렵에는 비유가 많은 문장이 아름답다고 생각했어요. 저는 소설을 쓸 때 비유가 없으면 왠지 허전하고, 뭔가 도리를 안 한 것 같다는 생각을 가지고 있었어요. 그때 쓴 첫 단편집 『천사들의 도시』를 보면 답답하고 빽빽하다는 인상을 받을 것 같아요. 어떤 블로거는 토할 것 같다고, 심지어 해설을 쓴 평론가도 답답하다고 평가해서 충격을 받았는데, 지금 생각해보면 일리가 있는 말입니다. 저는 그게 맞는 줄 알았던 거예요. 그런데 십여 년의 세월을 거치면서 내가 독자로서 읽었을 때 좋은 문장이 무엇인가 생각해보니 잘 읽히면서도 생각하게 만드는 문장이 좋은 문장이더라고요. 그래서 점차 비유나 미문에 대한 집착에서 벗어나야겠다는 생각을 하게 되었습니다. 미문이나 비유가 문장 안에서 소진되는 것이 아니라, 소설과 이어지면서도 그 문장을 읽었을 때

상상할 여지를 주게끔 쌓아가야겠다는 생각이 들었어요.

각자가 쓰고 싶은 문장이 있을 것 같아요. 저에게는 철학적인 문장을 쓰고 싶다는 욕망이 있어요. 너무 소설만 읽지 말고 철학서나 인문서 등 다양한 장르를 접해보라고 이야기하는 편입니다. 서사 같은 건 없지만, 그 속의 문장들을 읽으면서 스스로 상상해볼 수 있는 여지가 있거든요. 저는 프리모 레비의 『휴전』을 읽고 많은 생각을 하게 되었는데요.

> 상처는 마르지 않는 악의 샘이다. 그것은 가라앉은 자들의 몸과 마음을 갈가리 찢어놓고 그들을 비굴하게 만들고 영혼의 빛을 꺼뜨린다. 상처는 압제자들에게는 악명으로 되돌아가고 생존자들 속에서는 증오로 영속한다. 모든 이의 한결같은 바람과는 반대로 복수에 대한 갈증으로, 도덕적 굴종으로, 거부로, 피로로, 체념으로, 수천 가지 방식으로 돋아나는 것이다.

프리모 레비는 이탈리아의 화학자로, 유대인이라는 이유로 아우슈비츠에 수감되었던 경험이 있습니다. 『휴전』은 아우슈비츠를 떠난 후 생활인으로서의 삶을 기록한 책인데, 트라우마를 겪은 사람이 이런 말을 하니까 굉장히 공감이 가더라고요. 절대 사라지지 않는 것, 어떤 방식으로든 되돌아오는 상처에 대해 생각해보게 되었고, 저는 이런 부분에서 소설 속 인물들을 만들어보곤 합니다. 실제로 내년에 나올 단편집에 수록된 「작은 사람들의 노래」를 쓸 때 이 문장을 읽고 시작했습니다. 정말 이렇게 생각하는 사람이 있다면, 상처를 받았는데 그 상처를 도저히 지울 수 없는 사람이 있다면 그 사람은 과연 어떤 사람일까? 저는 그런 식으로 상상해보라고 권유하고 싶습니다.

레비나스라는 프랑스 철학자는 『존재에서 존재자로』라는 책에서 이런 문장을 썼습니다.

> 주어진 것은 우리의 어깨를 짓누르지 않는다. 주어진 것은 마치 수화물 보관소에 맡겨놓은 짐처럼 거기에 있다. 사물의 외재성은 우리가 그 사물에 도달한다는 사실 및 우리가 그 사물에게로 가야 한다는 사실, 즉 대상은 주어지지만 우리를 기다리고 있다는 사실에 기인한다.

이 문장은 사실 책 전체에서 중요한 문장은 아니었지만, 저는 이 문장을 통해 외재적인 것, 우리가 태어나기 이전부터 있었던 사물들, 수화물 보관소에 일렬로 있는 사물들의 풍경 같은 것들을 생각할 수 있었어요. 그래서 분실물 보관소에서 일하는 사람을 만들어냈고, 「사물과의 작별」이라는 단편을 쓰게 되었습니다. 그러니까 소설을 쓰고자 하는 친구들이 있다면 이런 좋은 문장을 발견하면 거기서 그치지 말고 인물을 만들어보라고 말하고 싶어요. 거기에서 인물의 역사와 주변 사람들과 사건이 만들어지기도 한다고요.

마지막으로 작가로서의 태도에 대한 이야기를 하고 싶습니다. 처음 등단할 무렵에는 글을 잘 쓰고 싶다는 생각만 했지 삶의 태도까지는 전혀 고민해보지 않았어요. 첫 번째 소설집에 '타자(他者)의 소설'이라는 해설이 붙었지만, 저는 타자에 대해 써야 한다거나 그로써 사회에 호소해야 한다는 생각을 전혀 하지 않았습니다. 인상적이었던 신문 기사나 이야기를 소설로 만들다 보니 소외된 사람들, 버려진 사람들이 많았던 것뿐이었어요.

그런데 한 권 두 권 내다 보니까 결국 소설을 계속 쓰게 하는 것은 태도가 아닌가 하는 생각이 들더라고요. 작가의 태도, 세계를 바라보는 태도요. 계속 알고 싶어 하고, 참여하고 싶어 하고, 계속 뭔가를 하려는, 세상에 관여하려는 태도가 필요하다고. 단순히 한 편 쓰고 사라질 게 아니라면, 죽기 전날까지 소설을 쓰고 싶다면 그러한 태도가 결국 작가를 지탱해주고 이야기를 만들어 가게 하는 것 같아요.

illust | mogoon

김현

1980년 강원도 철원에서 태어났다. 2009년 『작가세계』 신인상으로 등단하였으며, 시집 『글로리홀』을 펴냈다. 2015년부터 독립 문학잡지 『더 멀리』를 발간하고 있으며, 시 팟캐스트 '시원해요'를 진행하는 등 독자들과 소통하기 위한 노력을 꾸준히 하고 있다. 현재 '1월 11일' 동인으로 활동 중이다.

더 멀리, 새로운 문학을 향하여

혹시 『더 멀리』라는 잡지를 아는 분이 있나요? 이 잡지는 저와 박시하 시인, 강성은 시인 세 명이서 만드는 독립 잡지인데요, 제가 만들고 있는 독립 잡지나 팟캐스트와 관련된 이야기를 들려주면 좋겠다고 해서 그 이야기를 준비해 왔습니다. 먼저 『더 멀리』를 창간하게 된 배경에 대한 이야기를 해볼까 합니다.

6년 전쯤 저와 박시하 시인이 '1월 11일'이라는 동인을 만들었는데, 사실 이 동인을 시작한 계기가 잡지를 만들기 위해서였습니다. 그런데 그 말을 꺼내놓고는 차일피일 미루다가 작년에 더는 안 되겠다는 생각이 들어서 '텀블벅'이라는 소셜 펀딩 사이트에 글을 올렸습니다. 요행히 그 펀딩이 성공해서 두어 달 만에 300만 원을 후원 받았고, 그 돈을 씨앗자금으로 해서 첫 호를 만들게 되었지요.

문예지를 왜 만들려고 했냐면, 기존 문예지에 대한 아쉬움이 있었기 때문입니다. 기존의 문예지들이 내용적으로나 형식적으로나 하나같이 틀에 박혀 있다는 생각이 들었어요. 늘 80매 내외의 소설을 발표해야만 하고, 시도 몇몇 문예지를 제외하고는 장시를 발표할 기회가 많지 않고요. 그런 진부함이 아쉽게 느껴졌고, 그 아쉬움을 우리가 직접 문예지를 만들어서 풀어보자는 게 첫 번째 이유였습니다.

두 번째 이유는요, 저는 『더 멀리』를 통해 시 말고도 사진이나 소설도 발표했어요. 제게는 내 소설, 혹은 산문을 수록할 수 있다는 게 이 잡지를 만들 수 있었던 가장 큰 원동력이었던 것 같습니다. 그러니까 나의 문학의 장을 스스로 만들 수 있다는 데 매력을 느꼈던 것이지요. 제 예술 세계를 펼칠 수 있는 장을 제가 만든다는 것, 그것이 좋았어요.

세 번째 이유는, 이 지면을 통해서 저희가 좋아하는 작가들의 글을 만나보고 싶었습니다. 이를테면 1호부터 연재했던 조원규 시인의 경우에는 유학을 가면서 한동안 문단 생활을 하지 않았는데, 어느 잡지에서도 이 사람에게 청탁을 하지 않는 거예요. 저희는 조 시인의 글이 좋다는 걸 알고 있었기 때문에, 그렇다면 우리가 그의 글을 싣자고 한 것이지요. 그리고 아직 정식으로 등단한 작가는 아니더라도 글이 좋다면 그 사람에게도 청탁을 하자 그래서 다양한 사람들의 글을 싣게 되었습니다.

네 번째는, 등단이라는 절차에 대한 회의 때문이었습니다. 저도 국문과를 졸업하고 나서 등단하기 위해 십 년 동안 노력했거든요. 왔다 갔다, 갈팡질팡하면서, 신춘문예 시즌이 되면 서정적인 시를 쓰고, 문예지 신인상 공모에는 전위적인 시를 쓰려고 노력했어요. 등단이라는 절차에 환멸을 느끼면서도 이 절차는 깨질 수 없는 무엇이구나 하는 느낌을 강하게 받았지요. 그래서 등단 절차를 거치지 않은 사람이라도 글이 좋다면 우리가 언제든 지면을 내줄 수 있으면 좋겠다는 생각을 가지게 되었습니다.

사실 시인 셋이서 만들다 보니 어려움이 없지는 않아요. 각자 생업이 있어서 시간을 맞추기가 쉬운 일이 아니거든요. 그럼에도 책을 만드는 일이 재미있고, 정기 구독자가 늘어갈 때마다 희열을 느껴요. 지금 정기 구독자가 140명 정도 되는데, 그분들을 생각하지 않을 수가 없더라고요. 원래 『더 멀리』를 처음 만들 때는 재미없어지면 언제든지 그만두자는 마음이었어요. 그런데 정기 구독자가 늘어나고, 개별 구매를 하고, 메일이나 SNS로 피드백을 보내주시는 걸 접하면서 우리가 이제는 마음대로 접을 수 없게 되었구나 하는 순간이 오더라고요.

이 책의 독자는 어쩌면 기성 작가 말고는 문예창작과 학생들에게 국한될 수밖에 없을 것 같은데요, 그래서 그런지 문예창작과 학생들이 투고를 많이 하는 편입니다. 저희 잡지에 한두 번 선정되다 보면 본인들의 습작에 좋은 에너지가 되는 듯도 하더라고요. 그래서 문예창작과 학생들을 비롯한 습작생들이 투고를 많이 해주시고, 조언도 많이 해주세요.

얼마 전에는 와우북페스티벌에서 열린 독립 출판물 좌담회에 문예창작과 학생 둘이 좌담을 들으러 왔어요. 독립 잡지를 준비하는 중이라며 조언을 바랐는데, 사실 조언할 만한 게 별로 없더라고요. 우리도 먼저 시작했다 뿐이지 남들보다 잘나서 하는 것도 아니고, 기성 문인이라고 해서 독립 잡지를 만드는 게 더 쉬운 일도 아니고요. 그래도 무언가 도움이 될 만한 이야기를 해주어야겠다 해서, 본인들이 생각하고 있는 게 우리보다 훨씬 미래적인 것이고, 설령 첫 호를 내고 그만두어도 괜찮으니 실패를 두려워하지 말라고 이야기해주었습니다. 이미 시도했다는 것만으로도 충분히 의미가 있는 일이니 문학을 계속해나갈 생각이라면 실패를 두려워하지 않았으면 좋겠다고요. 실패할 수도 있다는 걸 인정하고, 거기에서부터 출발하면 조금 더 손쉬워져요.

간혹 우리에게 독자는 뭐냐고 묻는 분들이 있습니다. 『더 멀리』가 유명해져서 독자가 만 명쯤 되면 그게 더 좋은가 하고요. 우리는 그건 싫을 것 같다고 대답했어요. 140명의 정기 구독자가 더 소중하고, 그 사람들과 함께 책을 만들 수 있다면 그것만으로도 멋진 일이라고 생각합니다. 작가들, 혹은 독자들이 모여서 잡지도 읽고 기획에도 참여하는 느슨한 방식의 공동체가 되어도 좋지 않을까요. 저는 궁극적으로는 그게 하고 싶었던 것 같아요. 『더 멀리』를 통해 문학을 콘텐츠로 한 다양한 기획을 해보고, 이를 바탕으로 문단의 딱딱함, 경직성을 해체하는 데 디딤돌이 되었으면 좋겠다는 생각입니다.

작가와의 대담

Q : 독립 잡지를 발간하고 있는 '진흙과 통나무' 동아리 소속 학생입니다. 잡지를 만들다 보면 특정한 주제를 정하고 이에 맞게 청탁을 해도 주제와 동떨어진 글을 보내오는 경우가 있어 그대로 싣기도, 빼버리기도 곤란한 경우가 종종 있는데요. 『더 멀리』를 만들 때는 어떻게 대처하거나 보완하였나요?

A : 우리도 그런 시행착오를 겪었는데, 어쩔 수 없는 일인 것 같아요. 좀 더 명확하게 청탁을 하거나, 기획 의도를 충분히 설명하는 수밖에는 없습니다. 빼는 건 좀 위험하다는 생각을 갖고 있습니다. 필자 나름대로는 애써서 쓴 글이기 때문에 조심스럽기도 하고, 때로는 우리가 걱정스러운 마음으로 수록했던 글이 실제로는 독자들로부터 좋은 반응을 얻는 경우도 있었어요. 예측할 수 없다는 게 잡지를 만드는 또 다른 즐거움인 것 같기도 합니다. 물론 우리가 열심히 기획한 것을 독자들이 충분히 이해하고 반응할 때도 보람을 느끼지만, 예측할 수 없음에 대해서도 조금은 즐길 필요가 있다고 봐요. 주제와 상반되는 글이라도 다양한 방식으로 이야기해보자고 제안할 수 있으니까요.

Q : 좀 더 구체적으로 묻겠습니다. 기성 작가에게 청탁을 해도 주제에 맞지 않는 작품을 보내오는 경우가 있는데요, 그때의 난감함은 어떻게 대처해야 할까요? 그리고 독립 잡지 홍보는 어떤 방식으로 하는 것이 좋을까요?

A : 쉬운 것부터 대답하자면, 우리도 홍보를 잘 못해요. 주로 SNS를 통해서 하는데, 저희가 하는 방식이 정답은 아니지만 혹시 도움이 된다면 알려드릴게요. 기획 의도나 주제에 맞지 않는 작품을 받았을 때의 난감함은 저희도 겪는 일인데, 사실 좀 통쾌하지도 않나요? 기성 작가에게 청탁을 했는데 우리 잡지와 전혀 안 맞는 작품을 보내왔다, 그래서 거절했다. 문제점을 지적해서 작가가 고민해볼 지점을 던져준다는 건 좋다고 생각합니다. 난감하기는 하겠지만 난감함보다는 통쾌함을 가졌으면 좋겠어요. 물론 작가가 납득할 수 있도록 정중하게 사정을 밝혀야겠지요.

Q : 저는 현재 여성주의·퀴어에 관한 독립 잡지를 발간하고 있습니다. 그런데 창간호에서 저희가 다루고자 한 주제에 한계가 있다는 지적을 받고 고민이 많이 되었습니다. 이러한 부정적 피드백을 어떤 태도로 받아들이는 것이 좋을까요?

A : 시도 자체가 의미 있다고 생각해요. 프레임 논쟁을 시작하고, 질문할 수 있다는 것. 잡지를 만드는 사람들도 고민해볼 수 있는

계기가 되잖아요. 우리도 『더 멀리』를 만들면서 하나의 정체성만을 온전히 좇지는 않거든요. 만드는 사람에게나 읽는 사람에게나 다시금 생각해볼 지점을 제시했다는 것에 대해서는 자부심을 가졌으면 좋겠고요. 그것이 어쩌면 본인들이 만드는 잡지가 더 멀리 나아갈 수 있는 방향인 것 같습니다. 제가 최근에 「질문 있습니다」라는 글을 발표했는데, 이 글이 다양하게 재생산되면서 부정적인 반응이 많았다고 하더라고요. 그런데 저는 담담했어요. 제가 쓴 글에 대해서 자부심까지는 아니지만 아주 작은 용기는 있었고, 그것이 미약하나마 의미 있는 신념으로 발아된 것이라고 생각했어요. 글을 통해 욕을 먹거나 하는 부분에 대해서는 생각해보지 않았어요. 제가 제기하는 문제를 지속적으로 이어나갈 수 있는 시발점만 될 수 있으면 좋겠다고 생각했기 때문이지요. 마찬가지로 여러분들이 만들고 있는 잡지가 표방하는 것이 여기서 멈췄다거나 끝이라고 생각하지 않으셨으면 해요. 특히 운동성을 가진 주제, 이를테면 성적 소수자, 여성주의, 이주, 환경, 장애 등의 문제를 다룰 때에는 본인들이 중간 지점에 있다는 생각을 하면서 만들면 좋겠다는 생각이 듭니다. 끝이라고 생각하면 정당한 비판도 비난처럼 들리거든요.

Q : 문예창작과 학생들끼리 꾸린 동아리 '진흙과 통나무'는 기성

문단에 대한 회의가 잡지를 만든 동기 중 하나입니다. 그런데 실제 홍보 과정에는 기성 작가들의 도움이 컸다는 데에 아이러니함을 느꼈습니다.

A : 아이러니하게 생각하지 않아도 돼요. 습작생들이 잡지를 만들 때 보면 기성 문인에 대한 이상한 반감이 있어요. 이해가 안 되는 건 아니지만, 저는 그런 경계가 사라졌으면 좋겠어요. 『더 멀리』에 등단하지 않은 사람들의 작품이 수록되듯이, 학생들이 만드는 잡지에도 기성 문인들의 작품이 수록되면 훨씬 좋을 것 같아요. 경계가 없어지고 넘나듦이 쉬워지면 좋겠는데, 그러지 못하는 현실이 아쉽기는 해요.

Q : 최근 민음사의 『릿터』나 『문학과사회』 혁신호를 보면 문예지에서의 새로운 시도들이 나타나고 있는데요, 여기에 대해서는 어떻게 생각하나요?

A : 좋다고 생각해요. 『릿터』는 상업주의 느낌이 있는데, 나쁘다고는 생각하지 않아요. 문학이 가지고 있는 기존의 딱딱한 이미지를 벗어나 다양한 면모가 있다는 걸 대중들에게 알리는 효과적인 방식이잖아요. 물론 그런 흐름에 반발하면서 또 다른 형태의 잡지가 나올 수도 있겠지만, 저는 그 역시 좋다고 봐요. 기존에 반발한 새로운 잡지가 나옴으로써 문예지의 혁신을 가져오지

않았나 하는 의견이어서 긍정적으로 봅니다. 『문학과사회』 혁신호의 경우에는 편집 동인이 젊은 세대로 개편되면서 생긴 변화라는 생각이 듭니다. 신경숙 사태나 그 이후에 논의되었던 문학 혁신에 대한 논쟁들을 통해 편집위원이 대거 바뀌면서 젊은 평론가, 서평가, 문학연구자 들이 이제야 자신들의 목소리를 내기 시작한 것 같아요. 다만 아쉬운 점은 문예지들이 혁신을 할 때 가장 먼저 평론을 배제하고 시작한다는 것입니다. 그걸 누가 읽느냐 이거죠. 저는 그와 같은 시각에 문제가 있다고 봐요. 다른 방식의 고민이 있어야 한다고 생각합니다. 그래서 제가 평론가들을 만날 때면 이제 너희가 독립 잡지를 만들라고, 출판사나 편집위원이나 작가들 눈치 보지 말고 너희들이 하고 싶은 비평을 했으면 좋겠다고 말하고 다녀요. 사실 비평이 딱딱하고 어려운 이유는 기존 계간지의 탓이 크거든요. 그런 글을 원했고, 그런 글만 쓰게 했으니까요. 거기서 자유로워진다면 충분히 재미있고 유익한 평론이 나올 거라고 생각하는데, 그런 의미에서 최근에 페미니즘 비평에 대한 관심이 재생산된 것은 아주 바람직하다고 봐요. 모두들 페미니즘 비평을 낡았다고, 필요 없다고 생각했는데 다시금 주목받고 이를 통해 한국 문학을 재진단하겠다는 움직임이 일어나는 것을 저는 긍정적으로 봅니다.

Q : 최근에 주목을 받게 되면서 글을 쓰는 것에 대한 책임감이나 두려움이 생기진 않으셨나요?

A : 저는 글을 쓸 때 읽는 사람을 먼저 고려하지는 않는 것 같습니다. 「질문 있습니다」를 쓸 때도 이렇게 관심을 받을 줄은 생각도 못했어요. 그래서 두려움도 별로 없었고요. 그 글은 문단의 작가만 읽어도 되겠다는 심정으로 쓴 거예요. 가해자들이 뜨끔했으면 좋겠다, 그것만으로도 의미가 있다고 생각했는데, 제 글이 일말의 씨앗이 돼서 다양한 방식의 논의가 이루어지기 시작했잖아요. 가해자들을 다 처벌하자는 이야기, '개저씨 문학'에 대한 공론이 필요하다는 의견, 문단 내 폭력에 대한 증언들 등. 저는 그런 과정에서 두려움을 넘어설 수 있었어요. 사실 저 혼자만 그런 생각을 하고 있었던 것도 아니었거든요. 그즈음 많은 젊은 작가들이 그 문제에 대해 논의하고 있었고, 제 글이 발표되고 나서 격려와 걱정의 메시지들을 보내주었어요. 문학은, 시나 소설은 자기가 쓰는 것이기 때문에 자신만이 책임질 수밖에 없는 일이잖아요. 그런데 일정한 운동성을 가지고 쓴 글은 함께하는 사람이 있다는 것만으로 두려움이 사라지는 것 같아요. 「질문 있습니다」라는 글은 제가 먼저 제 이야기를 고백하거든요. 제가 여성성이 풍부한 사람으로서 남성 집단에서 어떻게 차별을 받고 혐오를 받았는지 먼저 이야기했어요. 그렇게 한 이유는, 저 자신은 고백하지

않고 누군가에게 고백을 강요하는 건 윤리적이지 않다고 생각해서였지요. 어떤 제안을 할 때 나의 생존기를 먼저 고백하는 것이 타인의 생존기를 끌어낼 수 있는 가장 빠르고 유일하고 윤리적인 방법 아닐까요? 사실 고백하는 것은 굉장히 힘든 일이잖아요. 폭력에 대한 트라우마를 가진 사람들이 가장 못하는 게 고백이에요. 저는 그런 고백은 한 음절만 발음해도 엄청난 용기라고 생각합니다. 그래서 누군가가 저에게 고백을 한다면 저는 그것만으로도 용기가 있다고, 함께하겠다고 이야기할 거예요. 2차 가해 등의 불이익을 염려한다면 일단은 고백을 하지 않는 것이 좋겠다고 말해요. 그럼에도 용기를 내서 발언한다면, 그로 인해 피해를 보았을 때 우리가 연대해서 싸우겠다고 얘기해요.

Q : '문학의 미래'란 무엇이라고 생각하시나요?
A : 문학의 미래는 기성 작가가 아니에요. 물론 저 자신도 아니지요. 바로 여러분이 문학의 미래입니다. 여러분이 하는 일, 여러분이 쓰는 글이 미래라고 생각해요. 자부심을 가졌으면 좋겠고, 해볼 수 있는 것을 많이 해봤으면 해요. 등단을 해서 기성 작가가 되면 못하는 것이 많아지거든요. 독립 잡지를 만든다거나, 축제를 기획한다거나, 이상하다고 할 만큼 색다른 좌담을 꾸민다거나, 어쨌든 문학을 가지고 여러 가지 시도를 해보면 좋겠어요. 마

지막으로 해주고 싶은 이야기는, 기성 문인들이 그렇게 힘이 있지 않다는 거예요. 문단이라는 것도 힘이 있는 집단이 아니에요. 개별적이고 연약한 개인과 집단일 뿐이지요. 행여나 권력과 폭력, 억압이 있다 하더라도 그 반대편에 서서 연대해줄 문인이 훨씬 더 많다는 것을 알았으면 좋겠습니다.

{시}

고진

은사시나무 외 4편

서울에서 자랐다. 중앙대학교 문예창작학과를 졸업하였다.

고진의 시에서 '나'를 둘러싼 세계는 언제나 불확실에서 시작한다. 규명되지 않은 것들을 만지고 감각하지만 그 역시 불확실로 향하는 길이다. 여기서 '불확실하다'는 말이 선명하지 않음을 의미하는 것은 아니다. 그는 확신할 수 없는 대상들 가운데에서 분명한 것을 감각한다. 그의 시에서는 어떤 선명한 결정체를 매만지는 음성을 들을 수 있다.

은사시나무

그는 커브가 많은 공원의 산책로 위에서
잃어버린 손을 기억했다.
공원의 가장 높은 곳에서는 하얀 나무가 많았고
잘 다려진 셔츠를 입은 소년의
이마에는 붉은 피가 맺혀 있었다.

은사시나무,
그는 학교 도서관의 채광창 아래서
흰색 나무의 이름을 읽었다.

운동장에 모여서
인기척이 끊이질 않아서
잘 수 없었다.

계속 보았다.
어두운 밤에도 불을 켜지 않고

얇은 블라인드 틈새로

아이스크림을 사러 간 친구는 돌아오지 않았다.
정자의 그림자가 계속 길어짐에도
밥도 이곳에서 먹었다. 조금 졸면 사람들은 없고

은사시나무만 남았다.
바닥에 꽂힌 흰 빛의 줄기처럼

이른 아침에는 건물의 외곽으로
내부의 빛이 새어나오고 뒤돌면

그것이 하나의 얼굴인 것처럼
그를 바라보고 있었다.

안 알려진 병사

전쟁이 모두 끝나 있었다

아버지 등을 따라서
길도 없이 무성한 숲을 헤맸다
호박잎처럼 커다란 낙엽들이 무릎까지 쌓여서
제대로 걸을 수가 없었다

얼굴에 붙은 거미줄을 떼어내다가
나도 모르게 부러지는 나뭇가지에 대해서
나무들에게 사과했다

숲의 끝
가장자리에서 자란 버즘나무 곁에서는 사람들이 많이 죽었다

나무가 멀수록
숲은 희박해지고

또 매우 길어졌다

오랜만에
커다란 낙엽을 밟았다
낙엽은 아무렇게나
여기저기서 굴러다녔다

숲 속에서는 숨쉬기가 좋았다

멜팅팟

그러니까 말해버리는 거, 그렇게 하자. 상자들 속 상자들 속으로 마지막 상자까지 전부 닫아버리는 것.

이것도 어려운 일. 미리 흔들어보고 가늠해보고 포장을 뜯을 것. 열린 상자 속에는 숨기기 힘든 표정만 남고

알록달록한 전구를 잔뜩 감아놓은 나무 앞에서, 균형이 맞질 않는 오래된 식탁에 둘러앉아서 생을 축하하는 날.

엄청 하얗다. 밖에 쌓인 눈, 하얀 도화지같이. 얼굴을 너무 가까이 대고 말하는 너.

울었다. 슬퍼서 우는데, 활짝 웃고, 다 같은 노래 부르고… 그거 알아? 꼭 기쁜 사람처럼 울어야 된다는 거.

당연히 알겠지. 기쁠 수도 있는 일. 눈을 감으면 알 수 없는 표

정으로 녹아내리고

더는 그렇게 말하지 마

쇳소리 나는 낡은 매트리스에 엎드려 누워, A는 죽었다.
웃는 얼굴이었다.

부서진 벽면 틈으로 자정의 빛이 밀려온다. 여름이 가까워지기도 전에 벌써 알아차렸다. 텅 빈 수영장에 가득한 녹. B는 누구도 죽을 수 있을 거라고 생각하지 못했다.

텅 빈 여름이 빛 속에서 자라고 있었다.

이 모든 게 어찌나 시시한지!
아주 큰 소리로, 매트리스 위에 누워 B는 태연한 척한다. 창틀에 비스듬히 세워놓은 사진들을 따라 웃으면서. 거울은 또 왜 이렇게 지저분한지!

그러나 목제 계단을 오르는 소리, 다락방 앞의 인기척에 맞춰서 다시 심장이 빠르게 뛰고 문고리는 돌지 않는다.

이유에서 멀어진 성난 체벌처럼
조금만 더
B는 미간 사이를 더 찌푸려본다.

흰 셔츠를 입은 남자가 검은 차에서 내렸다. 왼손에 무언가 들고서. 남자는 고개를 들어 B를 올려보았다. 남자가 다가와 초인종을 누를 때까지 B는 고개 돌리지 않았다.

파도타기 할 거야

파도타기 할 거야
오래된. 시커멓고 커다란 나무들이 우물 안으로 고개를 내민다
개구리는 개굴개굴
폴짝폴짝
한 뼘씩 눈이 또 쌓이고
LED조명을 중심으로
모이는 밝은 꽃들, 사진들, 고모들
파도타기 할 거야
건전지 끼운 라디오에서 노래 나온다
터보 3집이나 조성모 5집 같은 것들
먼지 쌓인 축전기 위에 올려둔
죽은 고양이 같은 것들
낚시는 굉장히 지루한 스포츠다
항아리에 가득 담아놓은 민달팽이들
죽은 뱀의 꼬리를 잡고 빙빙 돌리던
바다에서 이사 온 나의 이종사촌들

파도타기 할 거야

나도 아버지도 교정되지 않았고

온몸에 알이 배겨도 할 거야

들킬까 봐 재활용 수거함에 버린

고모네 마트에서 훔친 코카콜라 핑거보드

파도 타고 놀 거야

지는 해를 무시하면서

남의 집 담장 뒤에 숨어서

숨소리 안 내려고 가렸던 손으로

꼼꼼히 기둥을 만질 거야

그러니까

파도타기 할 거야

지하로 내려가는 층계참에서 불붙이다가

눈썹과 앞머리를 그슬린 나의 형들

나의 누나들

돌아가자

딸키로 헬멧도 없이
고가도로 위를 달렸던 나의 형제들
실내화 가방 들고 서서 몇 시간이고 지켜본
1945의 전투기들
황금, 그리고 기차들
파도타기 할 거야
슈퍼마켓 앞에 손들고 서서 하루 종일
파도타기 할 거야
죽어도 할 거야

{시}

김휘강

7UP 외 4편

부산에서 태어나 안양에서 자랐다. 중앙대학교 문예창작학과를 졸업하였다.

김휘강 시의 강점은 유머다. 유머는 이 세상을 잘 굴러가게 하는 윤활유 역할을 할 때가 많다. 세상은 비참하고 우리의 삶은 대체로 답답하지만 김휘강은 유머 감각을 잃지 않으려고 하는 자세로 스스로를 지탱해나간다. 또 하나의 강점은 통통 튀는 상상력이다.

7UP

손바닥에서 주먹으로 가고 있는 동안
껌 씹는다.
단물은 이미 다 빠짐.
이것이 언제 사라질까 하고
짝짝

빗줄기에 간격이 있고 위는 구름
그 여건에서 오는 정교한
소리가 있다.

손바닥에서 주먹으로 가는 그것이
나누어 주었다.
착향탄산효과
그 뭐더라 나는 되고 싶다.
진정한 끅,
앗, 죄송

페트병 뚜껑을 돌리면 피식 하는 소리
뚫고 나오는 손가락 있었다 하면
실례가 되는 마음 있었다 하면

워셔, 발에 치이는 것들.
용도는 조임쇠 사이에 들어가
압력분산 및 나사풀림 방지다.

주먹으로 가고 있을 때
손가락이 꼼지락거리고 있을 때
길이 끝나고 문이 열렸다.
전선저기압이 오고 있다.
엎어지고 있었고 한참 지나도 지면은 없었다.
내 자세를 알 수 없었다.
자세는 무슨 자세

주먹을 뚫고 주먹을 향하는 손으로
입을 잡고 벌린다. 사라진 게 있는지 좀 볼래?
펼친 손 안과 입 안에서
클립들은 동시다발적으로 한 장의 종이를 끼워나간다.
한 장의 종이가 팔랑거리고 있다.

자가면역

자가구축

졸음이 다가옴. 나는 잠을 만들고

화들짝 깨어났지만 곧 안심한다.

일그러진 눈은 떠지지를 않는 눈.

흩어져. 가고 싶었던 깊은 산으로.

잠깬 나는 잠든 나와 차를 마시고

밥에 말아서 먹고 헤어지기로 했다.

깨어나면 가서 일찍 잠에 들어야지.

메마른 잎 밟으며 돌아오는 사람들.

나는 남지 않음. 그 입가에 미소와.

자가해체

모르겠다. 나는 핸들을 쥐고 있다.

직선로의 가로수들은 정연. 접근 중.

양 측면에서 시선 곁으로의 이탈.

너머의 고층 건물은 근접하지 않아.

허나 그 움직임과 드러남은 뭐였지.

풍경 수렴점으로 휘어지는 이동들.

긴급제동은 안을 향하는 곡선 속에.

알겠다. 아직 핸들을 잡고 있었다.

배웠다시피, 분해는 결합의 역순.

BRRAAAPP!

주사위 놀이를 좀 할 거야.

던질 거야.
냅다 그냥

정비소에서 예방정비가 한창
헬리콥터 하늬바람 지나가고

스프레이 뿌려놔 마르면 다시
분말이 스며든다. 생각해버려.

주사위 던져지면 내장모터를 주장해.
어떤 결과가 나오든 네가 이겼든 간에

보도블록 위로 흩어져 떨리고 있는
규사들 위로 피어오르는 아지랑이들

다시 주워야지. 끝없이 두드려야지.
놀이를 퍼트려. 돈 걸고 판을 키워.

돈을 따고
돈을 잃고

밟은 빈 공간을 다져. 공포로

영

볼라드 안에서 비가 왔던 날
부딪치는 것은 부딪히지 않고

교차로 한복판에 붙은 빛바래고 짓이겨진 전단
외근 갑니다

신호연동구간이 열린다
이 스포츠카는 한 번에 지나가고 싶다
형판은 글자를 빠트리고만 싶다

나는 대시보드를 떨어트린다 건너기 전에 마지막으로
사용자가 되어보고 대시보드는 바닥을 구른다
내게서 멀어져간다

볼라드 안에선 부딪치지 않고 내가 가진 지퍼는 모두 고장이
나 있다

한꺼번에 지나가는 타이어
전단은 아무것도 밀어내지 않는다

어깨에 붙은 어수선함을 털어내려고
지면에 밑창을 두드리며 횡단한다

전단을 내려다보면

전단은 나를 낚아채 묶고 나는 한 번에 지나가고 싶다는 생각에 처음으로 도달하고

지갑을 연다 이것을 일시불로 할 수 없다

쿠바 튀기 혁명

철길 건널목 앞
신호기 차단이 길 열어주지 않았다

철길에 핀 민들레 한참을 들여다보았는데
꽃씨 하나 날아가지 않았다
세상 버렸나 보다

누군가 나를 사이드카에 도로 태우고
시동 걸었다
횡단열차는 끝내 오지 않았다

신호기 차단 부수고 철길 지나
터널 그 커다란 어둠에 부딪히면
찌그러질 것 같아 아플 것만 같아
질끈 눈 감았는데

넌 우리의 참전작이다
신호기가 길을 열어줬으면 얼마나 좋았겠니
너에게 후광이 있었다면 얼마나

터널 지나 민들레 꽃씨가 세상을 불태우는 길
울면서 운전하는 사람 옆에 가만히 앉아 있었다

{소설}

김혜경

불신자들

중앙대학교 문예창작학과를 졸업하였다. 성남에 산 지 올해로 십삼 년이 되었다. 언제나 가장 가까운 곳의 글을 쓰고 있다. 올해 들어 커피를 더 좋아하게 되었다.

「불신자들」은 인간관계에 대한 질문인 동시에 인간이 살아가면서 언제나 믿고 기댈 수 있는 무엇이 과연 존재하는가, 하는 종교에 대한 질문이기도 하다. 작가는 녹록지 않은 중의적 질문을 끝까지 밀고 나가며 문제의 본질을 파고든다. 이 소설에 등장하는 사람들 중에 과연 누가 믿음을 가진 자이고, 누가 믿음을 갖지 않은 자인가.

불신자들

한나를 보고 있으면 단 한 번도 가본 적 없는 성당의 고해실이 생각났다. 좁고, 네모나고, 아주 안락한 그런 고해실 말이다.

"제가 믿는 건 다 그런 식이었어요."

내 한탄은 늘 그런 식으로만 물꼬를 트곤 했는데도 한나는 싫은 내색을 한 적이 없었다. 그녀는 언제나 다소곳이 자리에 앉아 내 이야기를 경청했다. 연주황색 이불 아래에 꼼짝도 않고 누워 있는 할머니를 뒤로한 채 입을 꽉 다물고 나를 똑바로 바라보는 한나는 꼭 살아 있는 성상 같아서, 그녀와 마주하고 있는 나까지도 같이 경건해지는 기분이 들었다. 정작 그녀는 교회나 성당의 문턱조차 밟아본 적 없는, 종교와는 거리가 먼 사람이었는데도 그랬다.

이상하게도 한나를 보고 있으면 엄마에게도 털어놓지 못하는 이야기가 술술 나왔다. 가령 '저 알바 그만두려고요.' 같은 이야기 말이다. 나는 엄마에게 혼이 날까 봐 속으로 삭이던 이야기를 하나둘 끄집어냈다. 그녀라면 누구에게도 이르지 않을 것 같다는 믿음이 있었다.

"처음에 들어갈 때 토요일만 일하는 걸로 얘기하고 들어갔거든요. 교회 때문에요. 근데 자꾸 일요일에도 나오라고 눈치를 주잖아요. 진짜 짜증 나 죽겠어요. 조만간 잘릴 거 같아요. 아니면 제가 그만두거나."

"시기가 애매해서 다른 알바 구하기가 힘들 텐데."

"그래도 빨리 구해야죠. 엄마가 뭐라 그러니까요."

나는 엄마의 성난 얼굴을 떠올렸다. 그녀는 내가 집에서 놀면서 시간을 보내는 걸 참지 못했다. 그렇다고 무작정 밖으로 나도는 것을 좋아하지도 않았다. 그녀는 내가 정해진 스케줄에 따라 움직이길 원했다. 정확하게는 학교, 공부, 아르바이트, 교회, 이런 얌전한 사이클을 반복하길 원했다. 내가 조금이라도 집에서 미적거리는 날엔 곧장 잔소리가 따라붙었다.

"스물한 살씩이나 먹어서 어쩜 그렇게 달라지는 게 없니? 아르바이트라도 해야지. 다른 애들은 다들 그렇게 하더만. 평일에는 학교 가고, 주말에는 알바하고."

엄마는 내가 24시간 쉬지 않고 무언가를 성실하게 하고 있어야 한다고 말했다. 그래야 하나님 보기에 부끄럽지 않다는 거였다. 잔소리는 언제나 '그러니 이 모든 축복을 내려주신 하나님께 감사해야 한다'는 말로 종결되었다. 하나님이 늘 우리를 사랑하고 지켜봐주시고 있었으므로, 나에게 생기는 모든 나쁜 일은 내가 하나님을 제대로 믿지 않기 때문에 생겼다. 나는 그 말이 듣기 싫어서라도 억지로 엉덩이를 떼고 일어나 구인구직 사이트를 뒤지는 척했다. 그러면 엄마는 내 뒤통수에 꼭 한마디를 덧붙였다.

"교회에 가야 하니까 일요일은 안 돼, 알지?"

엄마가 이야기하는 '신실하고 모범적인' 몇 가지 조건에 맞추어 구인 게시물을 제하고 나면 내가 찔러볼 수 있는 아르바이트는 소위 탄력적 근무가 가능하다는 연회장 아르바이트밖에 남지 않았다. 항상 일손이 부족한 곳이었으므로 그들은 일요일은 안 된다는 조건과 내 마른 체구를 탐탁지 않게 여기면서도 나를 뽑아주었다. 시간이 지나면 그들은 나에게 일요일 근무가 정말 불가능하냐고 눈치를 줬고, 그러면 나는 도망치듯 일을 그만뒀다. 이번이 그렇게 옮겨 다닌 세 번째 연회장이었다.

나는 가끔 교회를 핑계 삼아 토요일 근무도 빠졌다. 그리고 엄마에게는 아르바이트 스케줄이 잡혀 일요일에 교회를 갈 수 없게 되었다고 둘러댔다. 그렇게 양쪽에 거짓말을 하고 나면 주말은 온전히 내 차지가 되었다. 나는 친구들과 같이 속초나 춘천 같은 곳에 놀러 다니거나 그렇지 않을 때에는 그냥 집에서 삼십 분 정도 떨어진 곳에 있는, 엄마는 절대 찾아오지 않을 것 같은 인테리어의 카페에 앉아 시간을 보냈다. 언제나 무언가를 '열심히' 하고 있어야 한다고 주장하는 엄마의 시야에서 잠시나마 벗어난 것만으로도 숨통이 트였다.

내가 우울한 표정으로 한숨을 쉬자 한나가 내 양손을 꼭 모아 쥐었다.

"그래도 소영 씨, 반년 동안 열심히 했잖아요."

"그런데 매니저가 뭐라는 줄 아세요? 자기들은 열심히 하는 사람은 필요 없대요. 누구나 다 열심히 하니까. 중요한 건 '잘'하는 거래요."

틀린 말은 아니었다. 그러나 그가 말하는 '잘하는 알바'는 일을 노련하게 잘할 뿐만 아니라 자신이 매주 마음대로 짜는 스케줄표에 토를 달지 않으며, 자신이 원할 때엔 언제고 술자리에 어울려 마음에 들지 않는 알바생의 욕에 동참해주는 애들이었다. 게다가 그가 기분이 나쁠 때에는 그에게 깍듯이 매니저 대접을 하며 공손하게 굴어야 했고, 그가 기분이 좋을 때에는 오빠, 형, 하면서 살가운 척을 해야 했다. 나는 앞의 세 가지 조건 중에 단 하나도 충족시키지 못했을뿐더러 그의 기분을 맞춰줄 눈치조차 없었다. 심지어 내가 그 사실을 깨달았을 땐 이미 매니저의 눈 밖에

난 뒤였다. 절망적이었다.

"원래 눈치 없단 얘기 자주 듣거든요. 그치만 욕먹는 거 익숙해서 괜찮아요."

"그건 소영 씨 잘못이 아니에요."

한나의 손은 거칠거칠했다. 손가락 끝마다 피부가 벗겨지다가 딱지가 앉은 자국이 가득했다. 그녀는 물을 자주 만지면 안 되는 습진으로 오랫동안 고생하고 있었다. 그런데 일을 하려면 물을 안 만지려야 안 만질 수가 없어서 그냥 내버려둔다고 했다. 가끔 습진이 심해질 때면 그녀는 손가락마다 방수 밴드를 붙이고 일을 나왔다. 내가 아프죠, 하고 묻자 그녀는 당연하죠, 하고 대답하며 웃었다.

"그러면 이런 일은 하면 안 되는 거 아니에요?"

그러자 그녀는 이렇게 말했다.

"일이니 참아야죠."

그녀는 아무리 아파도 절대 지각하는 법이 없었고, 나처럼 같잖은 이유로 일을 빠지거나 도망가지도 않았다. 엄마와 큰엄마의 까다로운 요구에도 싫은 내색 한번 하지 않고 사근사근 비위를 맞출 줄 알았다. 나는 그녀라면 매니저가 말하는 '잘하는 알바'에 포함될 수 있을 거라는 생각을 했다. 게다가 얼굴도 예쁘게 생겼으니 딱 매니저가 좋아할 상이었다. 내가 그렇게 말하자 그녀는 예닐곱 살짜리 여자애처럼 양손으로 입을 폭 가리며 소리 내어 웃었다.

"그래 보여요?"

"네. 언니는 뭐든 잘할 거 같거든요. 매니저가 뭐라고 해도 언니 할 말 똑바로 하고, 챙길 거 챙기고. 그래도 말 딱 부러지게 해서 매니저가 뭐라고 못할 거 같아요. 욕이야 좀 하겠지만 딴 애들이 그러는데 '걘 원래 그딴 식'이니까 신경 안 써도 된대요."

내 말에 한나가 또다시 까르르 웃었다. 이번에는 웃음소리가 제법 컸다. 같은 방을 쓰는 할머니의 간병인이 우리를 흘끔 바라보았다. 그러나 할머니는 미동도 없었다. 우리 할머니도, 그쪽 할머니도.

그 둘뿐만이 아니었다. 여기에 누워 있는 사람은 모두 그랬다. 나는 매번 요양원을 찾아올 때마다 여기서 살아 움직이는 건 오로지 우리뿐인 것 같다는 인상을 받았다. 누워 있는 사람들도 간병인들도 서로 짜기라도 한 것처럼 조용했다. 그들은 심지어 발소리조차 내지 않았다. 가끔 가족들처럼 보이는 무리가 우르르 찾아올 때면 그들이 대화를 나누는 소리나 성경을 외우는 소리로 조금 소란스러워지기는 했지만 그것도 아주 잠시였다. 한 시간 정도 머무르던 그들이 떠나가고 나면 요양원은 다시 적막에 휩싸였다. 그들이 가져온 과자의 고소한 냄새나 과일의 달짝지근한 향내는 그들이 떠나는 것과 동시에 흔적도 없이 사라졌다. 그다음 요양원을 메우는 것은 정체를 알 수 없는 눅눅한 냄새였다. 나는 그것을 속으로 죽음의 냄새라고 불렀다.

"예전에 다른 일을 할 때 나도 그런 매니저 만난 적 있어요. 처음에 했던 말이랑 나중에 하는 말이랑 다르고, 직원들이 노예처럼 일해주길 바라면서 계속 감시하고. 매니저들이 다 그런가봐요. 안 그랬던 사람도 매니저 직함 달면 다 그렇게 변하더라고요."

"맞아요, 맞아요."

한나가 씩 웃더니 갑자기 할머니에게 손을 뻗었다. 그녀는 이불 사이로 손을 넣어 할머니의 엉덩이를 가볍게 주물러보았다. 살짝 들춰진 이불 사이에서 지린내가 났다. 그녀는 이불을 걷어내고는 재빠르게 할머니의 기저귀를 갈았다. 내가 멍청하게 그녀를 바라보는 사이 그녀는 할머니를 돌아눕히는 일까지 신속하게 해치웠다. 내가 뒤늦게 자리에서 일어나자 그녀가 웃으며 손을 내저었다.

"앉아 있어요."

"죄송해요."

"이게 내가 할 일인데요. 소영 씨는 그냥 내 말상대나 해줘요. 여기에 혼자서 오래 있으면 말할 사람이 없어서 지루해지거든요."

한나는 손을 씻고 오겠다며 자리에서 일어났다. 나는 옆으로 돌아누워 있는 — 그녀는 혼자 돌아눕지도 못해서 한나가 직접 시간마다 돌려 눕혀주어야 했다 — 할머니를 바라보았다. 나는 그녀를 보면서도 아무것도 눈치채지 못했는데, 한나는 그녀가 소변을 봤는지 대변을 봤는지도 금방 알아차렸다.

한나는 대단한 사람이었다. 그녀라면 어떤 곳에 가도 빠르게 적응할 것 같았다. 한 달도 안 돼서 일 년 넘게 일을 한 베테랑처럼 일을 해낼 게 분명했다. 그녀에게는 '초보'라는 이미지가 어울리지 않았다. 그녀에게도 분명 처음이라는 게 존재할 텐데도 어째서인지 나처럼 면접에서 퇴짜를 맞거나 매니저의 눈치를 보는 일 따위는 단 한 번도 경험해보지 않았을 것처럼 느껴졌다.

나는 그녀의 노련한 손놀림을 흉내 내어 이불 속에 손을 넣어 보았다. 지금 막 새것으로 간 기저귀는 아무 일도 없었던 것처럼 보송보송하기만 했다.

아르바이트는 그만두기로 했다. 한나에게 푸념했던 것처럼 자의 반, 타의 반이었다. 토요일에만 일하기로 한 내 이름이 일요일 스케줄 표에도 올라가는 '실수'가 다섯 번째로 발견된 날이었다. 나는 스케줄 표를 확인하자마자 매니저에게 전화를 걸어 일을 그만두겠다고 말했다. 요양원에 누워 있는 할머니는 좋은 핑계였다. 그는 웃음기 없는 목소리로 당장 다음 주부터 나오지 않아도 된다고 말했다. 전화를 끊기 전에 그가 한마디 덧붙였다.

— 근데 일찍 좀 말하지 그랬어. 이미 스케줄 표 다 짰는데.

내가 전화를 끊고 단체 메신저방을 나가기도 전에 내 이름이 빠진 새 스케줄 표가 올라왔다. 엄마에게 다음 주부터 일을 나가지 않게 되었다고 말하자 잠시 동안 나를 빤히 바라보더니 아무렇지도 않게 '네가 그러면 그렇지' 하고는 몸을 돌려버렸다.

엄마의 말을 듣고 나서야 매니저가 나를 그만두도록 하기 위해 일부러 그랬다는 사실을 깨달았다. 신기하게도 기분이 나쁘거나 충격적이진 않았다. 그저 다음 아르바이트는 언제 또 구하지, 하는 생각만 들뿐이었다.

"그럼 이제 뭐 하니? 학교도 조금만 있으면 방학이지?"

"딴 일 찾아야지."

나는 엄마가 또 잔소리를 할까 싶어 얼른 그녀의 말을 끊었다. 하지만 엄마는 다른 말을 했다.

"그러면 소영이 네가 요양원 좀 가주면 되겠다."

"지금도 일주일에 한 번씩 가고 있잖아. 언젠 알바나 하라더니. 그리고 한나 언니가 잘 돌봐줄 텐데."

"누가 너더러 일하라고 했니? 어차피 그 사람이 다 알아서 할

테니까 너는 옆자리나 지켜. 그냥 가만히 앉아만 있으면 돼."

"그럴 거면 뭐 하러 가, 내가 무슨 감시인도 아니고……."

엄마는 내키지 않는다는 투로 말했다.

"아무리 전문 간병인이라지만 생판 남을 어떻게 믿고 냅다 할머닐 맡기니. 그래도 가족이 옆에 있어야지."

나는 속으로 할머니를 가족이라고 부를 수 있을지 재보았다. 아무리 기억을 더듬어도 그녀에게 별것도 아닌 일로 핀잔을 듣거나 이유 없이 욕을 먹은 기억만 있을 뿐 좋았던 기억은 없었다. 심지어 나는 할머니의 정확한 병명도 몰랐다. 도중에 치매까지 겹치는 바람에 그토록 애지중지 싸고돌던 큰아빠 얼굴도 알아보지 못해 가족들이 펑펑 눈물을 쏟았다는 것만 기억했다. 나는 그때 울지 않았다. 차라리 모두의 얼굴을 잊어버렸다면 공평해서 더 좋겠네, 그런 생각만 했다.

할머니는 가족들을 모두 예수쟁이라고 불렀다. 특히 큰엄마를 싫어했는데, 멀쩡한 자신의 장남을 예수쟁이로 만들었다는 게 이유였다. 그러나 내가 알기로 두 사람은 교회에서 처음 만났다. 아무렴 선후관계는 상관없었을 것이다. 단지 큰엄마를 비롯한 며느리들에게 호된 시집살이를 시킬 그럴듯한 이유가 필요했을 뿐일 테니까. 그녀보다도 그런 시집살이를 당하고도 할머니의 수발을 드는 엄마들이 더 멍청하고 미련해 보였다. 그렇게 있는 욕 없는 욕을 다 먹고도 엄마들은 할머니의 간병인이 믿음이 있는 사람인지 없는 사람인지를 걱정하고 있었다. 믿음의 여부와 간병 솜씨는 어떤 관련도 없는 것처럼 보이는데도.

엄마는 내가 주말마다 얌전히 할머니의 곁을 지키고 있는 것이 확인되면 일요일 저녁마다 용돈을 더 챙겨주겠다고 했다. 나는 요즘 물가가 올랐다는 핑계를 대고 엄마가 제안한 금액에서 만 원을 더 올렸다. 엄마는 영 마뜩잖은 기색이었지만 어쩔 수 없다는 듯 승낙했다. 그저 엄마가 한나를 믿기만 하면 모든 게 해결될 문제였는데도 말이다.

'하나님 믿듯이 언니도 믿어보지 그래요.'

내가 속으로 중얼거리는 것과 거의 동시에 엄마가 아멘, 하고 중얼거렸다. 웃음이 터져나왔다. 엄마가 나를 흘겨보았다. 나는 재채기가 난 척 큼, 큼, 하고 헛기침을 했다.

내가 요양원에 나가 할머니를 돌보기로 한 — 정확하게는 한나를 감시하기 위한 — 첫 토요일은 '교회 모임' 날이기도 했다. 엄마는 아침부터 신경이 잔뜩 곤두서 있었다. 얌전히 요양원으로 향할지 아니면 요양원에 가는 척 다른 곳으로 샐지 아직 정하지 않았지만 일단은 그녀의 심기를 거스르지 않고 조용히 집을 빠져나오는 것이 먼저였다. 어깨너머로 엄마가 볶고 있는 당근을 슬쩍 훔쳐본 다음 재빨리 찬장에서 유리로 된 반찬통을 꺼냈다. 주방 라디오에서는 유쾌한 가락의 찬송가가 흘러나오고 있었지만 엄마는 전혀 유쾌해 보이지 않았다. 예전부터 줄곧 입버릇처럼 중얼거리곤 했던 '믿음이 가득하고 충실한 교인들만 있는 교회 모임'을 준비하면서도 말이다. 오히려 그녀는 최근 들어 점점 더 신경질적으로 변해가고 있었다. 나는 가끔 발소리가 크다는 이유만으로도 욕을 먹었다. 아이고, 하나님, 저놈의 계집애를 어쩌면 좋을까! 저것도 딸이라고! 나는 엄마의 입에서 아이고, 하나님, 하는 말이 튀어나오지 않도록 먹이사슬 최하위의 초식동물처럼 재빠르게 움직여야 했다.

"오늘따라 왜 이렇게 굼뜰까? 빨리빨리 움직여. 이러다가 권사님 오시기 전에 다 못 끝낼라."

엄마는 내가 토요일에도 요양원에 가기로 한 것을 완전히 잊어버린 게 분명했다. 그러나 새삼스러울 것도 없었다. 그녀는 교회 모임이 시작된 이후 언제나 그 외의 것들을 자주 잊어버렸다.

반년 전, 우리 가족은 다니던 교회에서 나와 나이 든 권사님을 중심으로 독립적인 교회를 꾸렸다. 주말마다 모여 성경을 읽고 해석을 하는 모임이었다. 타락한 목사를 믿을 수 없다는 게 이유였다. 건물을 사거나 빌릴 돈도 없었기 때문에 모임은 참석자들의 집을 돌아가면서 이루어졌다. 나는 인터넷이나 친구들의 입을 통해 이런 방식의 모임이 아주 높은 확률로 더 이상하게 '타락'한다는 것을 알고 있었지만 아무 말도 하지 않았다. '믿음이 부족한 너 같은 사람들이나 그렇게 되는 거겠지' 하는 날선 대꾸가 돌아올 게 뻔했기 때문이었다. 엄마는 우리 집이 모임 장소가 될 때마다 새로운 찬거리를 준비하느라 바빴고, 거기에서 오는 스트레스는 전부 내 차지가 됐다.

"엄마, 요양원에는 언제 가면 돼? 한나 언니한테 미리 연락해야 될까?"

넌지시 묻자 그녀는 그제야 생각났다는 듯이 나를 돌아보았다. 그녀의 얼굴에 피로와 짜증이 가득했다.

"너 알바 그만뒀다고 했지, 참."

"그래서 엄마가 나더러 오늘부터 계속 토요일마다 요양원 가라고 했잖아."

"내가 그랬나?"

나는 엄마가 나에게 할머니 옆을 지키는 대가로 용돈을 주기로 한 것까지 까먹었나 싶어서 조바심이 났다. 그러나 엄마는 단지 피곤해 보이는 얼굴로 요즘 바빠서 정신이 하나도 없어, 중얼거리며 이마를 짚을 뿐이었다. 용돈 타령을 하면 안 될 타이밍인 것만은 분명했다. 그녀가 손을 내저으며 얼른 준비해서 가라고 말했다. 나는 엄마의 마음이 바뀌기 전에 잽싸게 방으로 들어가 가방을 싸기 시작했다. 잠시 고민하다가 서랍에 숨겨놓은 화장품들도 가방에 쓸어 담았다. 어쩌면 한나를 잘 구슬리면 말로만 거기에 있는 척하고 서울에 나가 놀 수 있을지도 모르는 일이었으니까. 그때 엄마가 방으로 들어왔다. 나는 얼른 가방 지퍼를 잠갔다.

"그나저나 그 사람은 좀 잘하는지 모르겠다."

"한나 언니?"

나는 지퍼 사이로 삐져나온 마스카라를 재빨리 밀어넣으며 고개를 끄덕였다.

"저번에 보니까 엄청 프로 같던데. 월급도 전에 일하던 사람보다 많이 받는다며? 받는 만큼 하겠지, 뭐."

한나는 할머니를 돌보게 된 네 번째 간병인이었는데, 앞서 거쳐나간 사람들을 통틀어 가장 노련하고 성실한 간병인이었다. 그러나 엄마는 한나의 이야기를 할 때마다 쯧, 하고 습관적으로 혀를 찼다. 언제나 그랬다. 엄마는 교인이 아닌 사람은 다 못 미더워했다. 그들은 오로지 엄마의 기분이 좋을 때만 괜찮은 사람이 됐다. 엄마는 처음 한나를 고용할 때에도 교인이 아니라는 이유로 제일 큰 소리로 반대를 외쳤다.

"사람이 믿음이 있어야지. 교인도 아닌 자를 어떻게 믿고 써."

믿음. 그건 엄마와 큰엄마가 입버릇처럼 중얼거리는 말이었다. 그녀들은 내 모든 일이 잘 풀리지 않는 것을 믿음이 없기 때문이라고 말했다. 당신들에게 불운이 닥치면 그건 하나님을 믿었기 때문에 그나마 이 정도에서 그친 것이었고, 나에게 불운이 닥치면 그건 믿음이 없어서 그렇게 험한 일을 당한 것이었다.

그녀들은 심지어 의식이 없는 할머니를 코앞에 두고도 서슴없이 말을 했다.

"어머님이 다 믿음이 없으셔서 그런 거야. 그러게 진작 우리랑 교회 좀 다니셨어 봐, 치매 같은 건 걸리지도 않으셨을걸."

나는 누워 있는 할머니가 그 말을 들을 수 있었다면 당장에 괴성을 지르며 자리에서 벌떡 일어날 거라고 생각했다. 그러나 그녀는 죽어가고 있었고, 그녀를 위해 대신 화를 내줄 사람은 이제 어디에도 없었다. 내가 엄마들의 편이 아니라고 해서 그게 꼭 할머니의 편이라는 뜻은 아니었기 때문이다. 그녀는 고추 달린 사내애만을 예뻐하는 전형적인 옛날 사람이었다. 그녀는 내가 눈으로나마 그녀를 지키고 있다는 사실에 감사해야 마땅했다. 그녀의 잘난 손자들은 죽어가는 할머니의 병문안은커녕 안부 전화 한 통 없이 미국에서 돌아올 생각을 않고 있으니까 말이다.

어찌 되었건 내가 엄마들이 말하는 '믿음'을 여전히 이해하지 못하고 있다는 사실 하나만은 분명했다. 믿음? 누구를 향한 믿음? 누구를 위한 믿음? 내가 그렇게 물으면 그들은 또 미리 짜기라도 한 듯이 똑같은 대답을 내놓았다.

'그렇게 말하는 걸 보니까 넌 믿음이 부족한 거야.'

막 스무 살이 됐을 때 나는 다단계 회사에 들어갔다. 그들은 나에게 이 일이 아주 쉽고 재미있을 것이며, 더불어 내가 열심히 하는 만큼 다른 곳보다 더 많은 월급을 받을 수 있을 거라고 이야기했다. 나는 그 말을 믿었다. 나를 그곳에서 꺼내준 건 이모였다. 한 달 만에 집으로 돌아왔다. 엄마는 제대로 씻지도 못해 떡이 진 머리에 모자를 눌러쓴 채 현관에 우두커니 서 있는 나를 한심해 죽겠다는 듯이 노려보다가 톡 쏘아붙였다.

'믿음이 부족하니까 멍청하게 그런 거에나 속아 넘어가지.'

그래서 나는 여전히 그녀가 말하는 믿음을 이해할 수 없었다.

내가 믿는 건 다 그런 식이었다. 단 한 번도 좋은 결말을 맞이한 적이 없었다. 그래서 나는 가끔씩 내가 예수님인지 하나님을 정말로 믿게 되면 그것마저도 그렇게 될까 상상했다. 그러나 내가 하나님을 진심으로 믿는 일은 단 한 번도 일어나지 않았다. 재미있게도 나는 내 불신을 확신하게 되는 순간마다 하나님이 정말 있는지도 모르겠다는 생각을 했다. 자신들의 소중한 자녀들이 나 같은 계집애 하나 때문에 불행의 구렁텅이에 빠질까 봐 미리 보호막을 쳐두는 게 아닌가, 그런 생각이 들었던 것이다.

한나는 자신의 이야기를 거의 하지 않는 편이었다. 그녀는 남의 이야기를 듣는 게 더 재미있다고 했다. 자기 이야기는 그다지 재미가 없다면서. 나와는 정 반대였다. 그녀와 이야기를 하다가 정신을 차리면 언제나 나만 말을 하고 있었고, 그것을 깨달을 때마다 나는 불현듯 엄청나게 부끄러워지곤 했다. 마치 목욕탕도 아닌 곳에서 나 혼자 벌거벗은 채 신나게 춤을 추고 있는 듯한 기분이 들었기 때문이었다. 부끄러움을 숨기기 위해 나는 그녀에게 아무 이야기나 해달라고 자주 어리광을 부렸다.

"재미없을 거예요."

"그래두요. 맨날 저만 얘기하잖아요."

그러면 그녀는 어쩔 수 없다는 듯이 자신이 아는 이야기를 짤막하게 늘어놓았다. 내가 모르는, 아마 평생 가까이 갈 일이 없을 듯한 동네의 이야기였다.

"학교 근처에 홍등가가 있어서…… 친구가 그랬어요. 학원에서 습작을 하다가 밖을 내다보면 뒷골목이 온통 빨갰다고. 처음에는 진짜 깜짝 놀랐대요. 왜 있잖아요, 정육점처럼 약간 분홍색의…… 그 사이사이에 점집도 있는데 밤에는 그 집들만 불이 꺼져 있고, 낮에는 거꾸로 점집만 영업을 하고……."

나는 그녀의 이야기를 들으며 영화에서도 본 적 없는 붉은빛 일색의 거리를 상상했다. 야트막한 높이의 단이 둘러진 쇼윈도, 그 너머에 헐벗은 채로 마네킹처럼 앉거나 서 있는 여자들. 다홍색 불빛과 간판마다 두 개씩 일정한 간격으로 매달려 있는 동그란 등들, 그리고 그 사이사이 불빛이 꺼져 있는 '사주', '신점', '아기보살' 같은 간판들과 힘없이 펄럭거리는 만(卍) 자 깃발들.

"왜 그런 게 거기에 있어요? 그 사람들이 점을 자주 봐요?"

"아뇨, 그런 건 아니고. 그런 거 있는 자리에는 점집이나 무당집 이런 게 들어가야 그나마 잘된대요. 기를 눌러준다나."

내가 궁금해하는 눈치이자 그녀는 대수롭지 않다는 듯이 점집에 대해서도 설명해주었다.

"그냥 별거 없어요. 입구에 소금 뿌려져 있고, 방 하나에 불상 모셔두고, 다른 방은 손님 받는 방이고. 뭐 그런 식이에요. 가면 향내 엄청 많이 나고……."

"들어가면 어때요?"

내가 그렇게 묻자 그녀는 잠깐 눈을 굴리더니 친구에게 들은 이야기라 잘 모르겠다고 얼버무렸다. 그녀의 이야기는 매번 그런 식이었다. 모든 주어가 친구로 시작했다. 나는 딱 한 번 한나에게 물은 적이 있었다.

"그거 언니 이야기예요?"

그러자 그녀는 돌연 이야기를 멈추고는 입을 다물었다. 그러고는 웃지도 않고 나를 빤히 바라보기만 했다. 나는 조금 민망해져서 그녀를 향해 살짝 미소를 지었으나 그녀는 웃지 않았다. 내 말의 어딘가가 그녀의 심기를 거스른 게 분명했다. 나는 찜찜한 기분을 숨기기 위해 그녀에게 과도하게 애교를 부렸다. 한나가 피식 웃었다.

“소영 씨는 참 애기 같아서 귀여워요.”

“그런데 엄마는 제가 너무 애 같아서 큰일이래요. 눈치도 없고 믿음도 없으니까 자꾸 그렇게 멍청한 짓만 하고 다닌다고…….”

“네. 어머니 말씀이 맞아요. 믿으면 복이 온다잖아요.”

그녀는 거의 성호라도 그을 것처럼 엄숙한 말투로 그렇게 말하더니 이내 손으로 입을 가리며 까르르 웃었다. 나는 그녀가 농담을 하고 있다는 것을 알아차렸다. 그녀를 따라 입을 가리고 히히 웃는 시늉을 했다. 한나가 말했다.

“믿지 않아도 교회는 갈 수 있잖아요. 다른 것도 다 똑같아요.”

“무슨 말인지 잘 모르겠어요.”

한나는 엄마가 그녀를 교인이 아니라는 이유로 매번 의심하고 못 미더워하는 것도 알고 있었다. 내가 할머니를 걱정해 자발적으로 요양원에 찾아오는 게 아니라 엄마의 명령으로 의해 억지로 왔다는 것도 알고 있었다. 간병이 아니라 감시가 목적인 것도 알고 있었고, 아르바이트도 자력으로 그만둔 게 아니라 눈칫밥을 먹다가 떠밀리듯 그만뒀다는 것도 알고 있었다. 그러나 그녀는 어느 것 하나도 먼저 알은체하는 법이 없었다. 내가 말을 꺼내면 그때야 그걸 알아차린 척했다. 그녀가 모든 걸 모른 척하고 있다는 걸 알면서도 전혀 기분이 상하지 않았다. 나는 그게 엄마가 말하곤 하던 세상 사는 법이라는 것을 깨달았다.

그녀는 나보다 겨우 다섯 살이 많을 뿐이었지만 나보다 오십 년은 더 산 것 같았다. 내가 경탄의 시선을 담아 그녀를 바라보자, 그녀는 그렇게 볼 필요도 없다고 말했다.

"정말이에요. 달라지는 거 정말 하나도 없어요. 다 그런 식으로 사는 거죠."

온통 모를 것들뿐이었다. 믿음이 충만한 큰엄마는 큰아빠와 이혼 직전이었고, 마찬가지로 믿음이 충만한 엄마는 예의 그 신실한 모임 때문에 매주 더 신경질적으로 변하고 있었다. 그러나 믿음이라고는 눈곱만큼도 없는 한나는 믿음이 있건 없건 달라지는 건 아무것도 없다고 말하고 있었는데, 그러는 그녀의 곁에는 죽어가는 사람만 가득했다. 그리고 나는 그런 한나를 믿었다.

그녀에게 묻고 싶었다. 대체 믿음이 뭐냐고. 나만 이해할 수 없는 거냐고. 나처럼 신도 사람도, 아무것도 믿지 못하는 사람은 대체 무엇을 믿어야 하느냐고. 믿을 수 없다면 믿는 척은 어떻게 해야 하느냐고. 믿지 못해서 경험하지 못하는, 혹은 믿지 못해서 경험하지 못하는 것처럼 느껴지는 것들에 대한 박탈감은 어떻게 극복해야 하느냐고.

그러나 그녀는 이렇게도 말했다.

"그런데 너무 믿지 마요, 소영 씨. 뭐든지요."

그녀는 여전히 다정한 미소를 짓고 있었다.

그녀가 가습기의 물을 더 채워오겠다며 자리에서 일어났다. 나는 그녀의 예민한 오감이 내 작은 노력을 눈치채고 날 가상하게 여겨주길 바라며 할머니의 이불을 고쳐 덮었다. 그때 헐렁한 옷 사이로 축 처진 가슴이 보였다. 그건 가슴이라기보다는 그냥 죽어 있는 살덩이 같았다. 가슴뿐만이 아니었다. 한나가 놓아주는 대로 놓인 앙상한 팔이며 솜 베개에 파묻힌 얼굴에서도 죽음의 냄새가 풍겼다. 그녀는 그 자리에 누운 채로 천천히 죽어가고 있을 뿐이었다. 그녀는 당신이 평소에 예수쟁이들이 돈지랄을 하는 곳이라고 욕하곤 했던 기독교 재단의 요양원에 누워 있다는 사실조차 모르고 있을 터였다.

갑자기 모든 일이 무의미하다는 생각이 들었다. 나는 엄마의 지갑에 편안하게 기대서 놀러 가듯 요양원에 나다니고 있는데 세상을 오십 년도 더 산 것처럼 눈치도 빠르고 노련하기까지 한 한나는 지금 죽어가는 사람을 지키는 일을 했다. 남는 것이라고는 시큼한 구린내가 나는 똥 기저귀와 꼬질꼬질하게 때가 묻은 수건뿐인 일이었다. 거기에선 어떤 믿음도 찾아볼 수 없었다.

그것을 깨닫고 나자 그녀가 돌연 친근하게 느껴졌다. 나는 그녀와 술이 마시고 싶어졌다. 연회장의 여자애들이 늦은 시간에 언니, 나 맥주 마시고 싶어요, 하고 아무렇지도 않게 다른 애의 팔짱을 끼는 것처럼 그녀의 팔짱을 끼고 싶었다. 뒤뚱거리며 가습기 물통을 들고 온 그녀를 붙잡고 대뜸 "언니, 우리 술 먹어요." 하고 말하자 그녀는 얼떨떨한 표정을 지으면서도 알았다고 대답했다.

우리는 그녀도 나도 할머니 곁을 지킬 필요가 없는 시간을 골라 몰래 약속을 잡았다. 그날 안주로 무엇을 먹었는지, 술은 어떤 것을 몇 병이나 마셨는지, 둘이 머리를 맞대고 앉아서 무슨 이야기를 나누었는지, 그래서 계산은 누가 했는지 따위는 하나도 기억나지 않았다. 정신을 차릴 때마다 우리는 다른 술집에 있었고 종내에는 차도 거의 다니지 않는 거리에서 택시를 잡겠답시고 까치발을 한 채 양팔을 볼썽사납게 휘두르고 있었다. 마지막으로 확인한 시곗바늘은 아마도 새벽 두 시를 가리켰던 것 같다. 나는 그날 화장실에서 두 번, 길에서 한 번 토했다. 그녀는 벌겋다 못해 시커메진 얼굴을 하고선 힘도 거의 느껴지지 않는 손으로 내 등을 두드려주었다.

그곳에서 집 방향으로 가는 택시가 도무지 잡히지 않았기 때문에 우리는 인도 가장자리에 전단지 두어 장을 깔고 쭈그리고 앉은 채 밤을 새웠다. 다행히 날이 곧 밝았고 술도 서서히 깨기 시작했다. 나는 몸을 덜덜 떨며 한나에게 좀 더 다가갔다. 인도의 요철이 고스란히 느껴지는 얇은 전단지에 엉덩이를 나란히 붙이고 앉아 있으려니 그녀와 진짜 자매가 된 듯한 기분이 들었다. 나는 멍하니 중얼거렸다.

"언니, 언니가 너무 좋아요. 맨날 언니랑 이렇게 술 마시고 싶어요."

한나가 나를 바라보았다. 그녀의 얼굴은 이제 하얗게 질려 있었다. 뺨에 파랗게 돋아난 실핏줄까지 보일 지경이었다.

"그래요?"

"네. 주위에 동갑 친구들밖에 없어서 언니는 처음인데, 언니 너무 좋아요."

"교회 가면 나 말고 더 좋은 언니도 많을 텐데."

그녀는 그렇게 말하더니 돌연 표정을 바꾸어 서늘하게 웃었다.

"나는 매일 요양원에서 할머니들 똥수발 드느라 소영 씨한테 맞춰줄 시간도 없어요."

나는 그녀의 말이 농담이라고 생각했다. 킥킥 웃으며 더 그녀에게 바싹 다가가 팔짱을 꼈다.

"그래도 좋아요. 내가 맨날 요양원 놀러 가면 되잖아요."

"그렇죠. 소영 씨는 요양원에 놀러 오니까."

그녀가 갑자기 말을 끊고는 헛구역질을 했다. 뒤늦게 술이 올라오는 모양이었다. 하수구에 대고 연신 가래를 뱉어내는 그녀의 등을 토닥토닥 두들겼다.

"언니, 오늘은 집에 가서 쉬어요. 큰엄마 오시는 날이잖아요. 제가 엄마한테 잘 말해둘게요."

그녀는 나를 가만히 보기만 했다. 언젠가 내가 '그거 언니 이야기예요?' 하고 물었을 때와 똑같은 표정이었다. 그녀가 날 미워하게 될까 봐 조바심이 났다. 나는 그녀에게 최대한 잘 보이고 싶었다.

"하루 정도는 괜찮잖아요. 아파서 빠진다고 하면 돼요. 들어가서 쉬어요."

나는 택시를 잡아 그녀를 먼저 태웠다. 내가 몇 번이고 집주소를 묻자 그녀는 내키지 않는다는 얼굴로 우리 동네와 경계를 맞대고 있는 어느 외곽 도시의 아파트 이름을 말했다. 나는 택시 기사를 붙잡고 신신당부를 했다.

"아저씨, 꼭 건영아파트까지 가서 우리 언니 내려주셔야 돼요."

나는 열린 창문 사이로 손을 넣어 한나의 어깨를 살살 쓰다듬었다. 그러고는 최대한 상냥한 목소리로 말했다.

"언니, 우리 다음에도 또 술 마셔요."

그녀는 대답하지 않고 웃기만 했다. 택시가 출발했다. 나는 그 자리에 서서 택시 뒤꽁무니를 오래 바라보았다. 왠지 그녀가 집으로 가지 않고 중간에 차를 돌려 요양원으로 갈 것 같다는 예감이 들었다. 불현듯 그녀가 자신에게도 치매 걸린 할머니가 있다고 말했던 것이 떠올랐다. 그게 어느 날의 낮에 이야기해준 것인지, 아니면 간밤의 술자리에서 나온 이야기인지는 확신할 수 없었다. 다만 그녀가 내 할머니를 간병하기 위해 여기에 있는 동안 그녀의 할머니는 누가 돌봐주는 것일까 의문이 들었다. 있는지 없는지도 모를 그녀의 동생이 돌볼까? 아니면 그녀보다 월급을 더 적게 받는 값싼 간병인이 돌볼까? 그도 아니면 언젠가 엄마가 큰엄마와 나누었던 대화처럼 아무것도 모르는 동네 아주머니를 데려다가 간병인이랍시고 푼돈을 쥐여주고 있는지도 몰랐다. 하지만 어느 것도 사실인지 판단할 수 없었다. 그녀가 말해주지 않았기 때문이었다. 그러나 그녀를 채근하거나 의심하지 않기로 했다. 나는 집으로 돌아와 곧장 잠이 들었다.

엄마는 히스테릭하게 소리를 질러대며 나를 쥐 잡듯 잡았다. 남들은 열일곱 때 진작 끝내는 사춘기를 여태 겪느냐고 화를 냈다. 그러다가 갑자기 어조를 바꾸어 사근사근하게 나를 달랬다. 내가 아무 말도 않자 그녀는 아이고, 하나님, 하며 입을 막으며 눈물을 글썽였다. 그녀는 내가 어딘가에서 불량한 애들과 불순한 만남이라도 가졌다고 생각한 모양이었다. 눈도 제대로 뜨지 못한 채 물만 들이켜는 나에게 건전한 만남에 대한 설교를 늘어놓더니 급기야는 내 가방을 뒤집어엎었다. 파우치를 통째로 쓰레기통에 넣어버리고는 내 휴대폰도 뒤졌다. 그러나 내가 하루 동안 어디에서 무엇을 했는지는 끝내 밝혀내지 못했다. 내가 한나와 밤새도록 술을 마셨으리라고는 상상도 하지 못하는 듯했다. 그녀는 씩씩대며 나에게 일주일 간 외출 금지령을 내렸고, 모든 것은 그렇게 정리되었다. 나와 한나에게는 아무 일도 일어나지 않았다.

숙취는 꼬박 이틀을 갔다. 그건 불신을 공유한 대가가 이틀로도 충분했다는 뜻이기도 했다.

우리는 마치 같이 술을 마신 일 따위는 아예 일어나지도 않은 것처럼 굴었다. 나는 그녀에게 그날 제대로 집에 들어가 쉬었느냐고 묻지 않았고, 그녀도 나에게 엄마에게 들키지 않았느냐고 묻지 않았다. 어떤 말도 나누지 않았지만 그것만으로도 내가 대단한 어른이 된 것 같은 기분이 들어 우쭐해졌다. 그 후로도 우리는 단 한 번도 그날 밤의 일을 입 밖에 내어 말하지 않았다. 우리 둘만 있을 때도 마찬가지였다. 그건 비밀이었다. 오로지 믿지 않는 자들만이 공유할 수 있는 비밀.

계절이 바뀌었다. 우리의 관계는 달라지지 않았다. 내 일정도 변함이 없었다. 여전히 주말마다, 그리고 학교를 가지 않는 수요일마다 요양원에 갔고, '인증사진'을 찍어서 엄마에게 보여주고는 그 대가로 용돈을 받았다. 그러나 한나의 일정은 조금 달라졌다.

"저도 교회 나가보려고요. 사모님들이 권유도 해주시고 그러니까 마음이 끌리네요."

그녀를 감시하기 위해 불시에 요양원에 쳐들어온 엄마였지만 그 말에 금세 태도가 바뀌었다. 엄마는 반색을 하며 다음번에 방문할 때 성경책을 가져다주겠다고 했다. 그녀는 자신에게는 과분하다며 손사래를 쳤다. 그러고는 주저하며 물었다. 그래서 말인데, 혹시 다음 일요일 하루만 일을 빠질 수 없겠느냐고.

"제가 방문해보려는 교회에서 꼭 한 번은 일요 예배에 참석해달라고 하셔서요. 오전 반나절만이면 돼요. 이번만 부탁드릴게요."

"아이 참, 한나 씨, 이러면 곤란한데……. 두 번은 안 돼요, 알죠?"

엄마는 그렇게 말하면서도 그녀의 결근을 허락했다. 내심 기뻐 보였다. 그녀가 돌아간 후, 엄마는 이게 모두 하나님의 은총이라고 말하며 내내 싱글벙글 웃었다. 자신이 한나에게도 하나님의 은총이 닿을 수 있도록 해달라고 열심히 기도한 것이 이루어졌다는 것이었다. 엄마는 나에게 한나 대신 일요일에 요양원에 가라고 말했고, 나는 알았다고 대답했다.

한나는 그 이후에도 종종 일요일 오전에 교회를 갔다. 엄마는 안 되는데, 안 되는데, 하면서도 못 이기는 척 그녀를 보내줬고 나는 그녀가 일을 쉴 때마다 그녀의 빈자리를 지켰다. 그 대가로 내 용돈이 올라갔다. 게다가 돌아올 때마다 그녀는 미안해 죽겠다는 얼굴로 나에게 '어머니껜 비밀로 해드릴 테니까 가서 쉬어요' 하고 나를 보내주곤 했다. 마다할 이유가 없었다.

할머니는 여전했다. 이따금씩 그르륵거리는 숨소리를 내는 것 빼고는 조금도 움직이지 않았다. 나는 할머니의 곁에 앉은 채 정말 한나가 교회에 갔을까 계속 생각했다. 믿지 않는데 교회에 가는 것은 불경한 짓 같다던 나의 말에 한나는 이렇게 말했었다. 믿지 않아도 교회는 갈 수 있다고. 하지만 정말로 한나가 믿지 않는데도 교회에 간 건지, 아니면 정말 믿어서 교회에 간 건지는 알 수 없었다. 그녀까지 '믿음의 구역'으로 넘어가면 나는 누구를 믿지, 생각하자 덜컥 불안해졌다. 그녀까지 없어지면 정말 하나님을 믿지 못하는 사람은 나뿐일 것 같았다.

여기저기를 쏘다니며 보았던 수많은 성당과 교회들을 떠올렸다. 엄마는 그곳은 옳지 않은 곳이라고, 그곳은 '잘못된' 하나님을 믿는 곳이라고 말했다. 믿으려면 '제대로 된' 하나님을 믿어야 한다고 말이다. 그러나 누구라도 붙잡고 묻고 싶었다. 그 '제대로 된' 하나님은 대체 누구인지. 행복하기 위해서 꼭 그만을 믿어야 하는지. 그런데 왜 독실한 자들에게도 불행은 불현듯 찾아오는지. 믿지 않으면서도 오로지 행복하기만 한 사람들은 대체 무슨 복을 타고나서 그렇게 운이 좋은 건지. 그러나 정답을 알고 있을 것 같은 한나는 내 옆에 없었고, 누워 있는 할머니는 여전히 누워만 있었다.

거의 바닥을 드러나기 시작한 기저귀 박스를 멍하니 보고 있는데 옆자리의 간병인이 말을 걸어왔다.

"그런데 전에 하던 그 싹싹한 아가씨는 왜 그만뒀대?"

"한나 언니요? 아, 그만둔 거 아니에요. 그냥 오늘 교회 가느라고 말하고 빠진 건데."

"나한테는 그만둔다고 인사까지 하던데?"

"네?"

나는 멍청하게 네? 네? 하는 물음만 앵무새처럼 반복했다. 간병인은 눈치 빠르게 사태를 알아차렸다. 나를 대신해 그가 요양원의 원장을 호출했다. 곧 모든 가족이 병실로 불려왔다. 가족들이 한나와 나누었던 대화들을 조금씩 뱉어내자 곧 퍼즐은 맞춰졌다. 한나는 내가 매니저와 엄마에게 거짓말을 하고 주말 내내 놀러 다녔던 것처럼 큰엄마와 엄마에게 거짓말을 하고선 열흘 전부터 요양원에 나오지 않은 것으로 확인되었다. 그러니까 이번 달치의 월급과 할머니의 용품을 살 돈을 선금으로 받자마자 자취를

감춘 것이었다.

가족들은 서로에게 책임을 떠넘기기 시작했다. 처음에는 순진하게 그녀의 빈자리를 채우고 있었던 나에게 화살이 돌아왔다. 그다음에는 그녀를 간병인으로 추천한 큰엄마에게, 그다음에는 중간에 태도를 바꾸어 찬성한 엄마에게, 그다음에는 찬성도 반대도 하지 않은 아빠들에게 화살이 돌아갔다.

"그러게 제가 간병인은 웬만하면 교인으로 고르자고 누누이 말했잖아요! 대체 그 사람을 뭘 믿고 어머니랑 단둘이 되도록 내버려둔 거예요?"

"안 된다고 했다가 그 사람 보고선 나쁘지 않다고 제일 먼저 말 바꾼 건 동서야. 그리고 그 시간은 원래 동서네 집에서 봐주기로 한 시간이었잖아? 소영이 보내겠다며?"

"쟤는 그냥 어린애인데 쟤가 뭘 어떻게 알았겠어요? 그러는 형님은요? 듣자 하니 형님은 약속한 날에도 안 나왔다면서요?"

엄마와 큰엄마가 언성을 높이기 시작했다. 막 방으로 들어오려던 큰아빠가 주춤거리더니 다시 밖으로 나갔다. 엄마가 큰엄마의 어깨를 살짝 밀치자 그녀는 몸을 허우적거리며 뒤로 물러나더니 아이고, 하고 과장된 신음을 뱉으며 할머니의 침대를 짚었다. 그 서슬에 할머니의 하반신을 덮고 있던 이불이 바닥으로 떨어졌다. 구린내가 스멀스멀 퍼지기 시작했다. 큰엄마와 엄마는 당황

한 표정으로 눈빛을 교환했다. 그녀들은 싸우던 것을 멈추고 서랍을 뒤졌다. 그러나 거기에는 기저귀 몇 개만이 썰렁하게 놓여 있을 뿐이었다. 엄마와 큰엄마는 언제나 할머니에게 필요한 용품들을 대량으로 구매해 서랍이며 침대 밑에 박스째로 쟁여놓곤 했다. 피부에 닿는 물건이니 자주 종류를 바꾸는 것은 좋지 않을뿐더러 소량으로 사다 두었다가 급할 때에 똑 떨어지면 곤란하다는 것이 이유였다. 그러나 서랍은 거의 비어 있었다. 침대 밑의 박스도 마찬가지였다. 큰엄마는 한나가 모조리 훔쳐간 게 틀림없다며 씨근덕댔다. 엄마도 삿대질을 멈추고는 한나에게 화살을 돌렸다. 나는 이미 보름도 더 전부터 박스가 바닥을 보이고 있었다는 사실을 알고 있었지만 아무 말도 하지 않았다.

엄마는 갑자기 생각났다는 듯이 매트리스 밑을 뒤졌다. 그러고는 창백한 얼굴로 비상금도 사라졌다고 말했다. 매트리스 아래에 숨겨놓은 비상금은 성인용 고급 기저귀 사십 개들이 한 박스를 사기에 충분한 금액이었다. 내가 거의 빈 서랍을 목격한 후에도 한동안 할머니의 기저귀는 보송보송한 상태를 유지했으므로, 아마 그 돈 중 일부는 정당한 곳에 쓰였을 터였다. 하지만 나머지 돈이 어디로 갔는지는 아무도 몰랐다. 어쨌든 엄마는 그 돈을 전부 한나가 가져갔다고 주장했다. 그녀는 그럴 수 있는 사람이었다. 왜냐하면 '믿음이 없는 사람'이었으니까. 어느새 슬그머니 방

안으로 들어온 아빠가 그 사람 교회 나간다고 빠진 게 아니었냐고 물었다. 엄마가 날카롭게 대꾸했다.

"당신은 그 말을 믿어? 당연히 거짓말이겠지! 이래서 믿음이 없는 사람은 그냥 처음부터 믿질 말아야 해……. 지옥에나 떨어질 인간 같으니라고……."

나는 화를 삭이지 못하고 씨근덕대는 엄마를 밀치고 침대로 다가가 할머니의 바지춤에 손을 넣었다. 기저귀 비닐 너머로 물컹하고 뜨뜻한 것이 만져졌다. 나는 침착하게 그녀의 이불을 걷고 기저귀를 갈았다. 늘 한나가 하는 것을 옆에서 구경하기만 했을 뿐 직접 만지는 건 처음인데도 불안한 마음은 들지 않았다. 처음부터 내가 하던 일인 것처럼 익숙했다. 나는 기저귀를 다 간 다음 할머니를 반대쪽으로 돌려 눕혔다. 그리고 바닥에 떨어진 이불 대신 새 이불을 꺼내 할머니의 몸을 덮어주었다. 엄마와 큰엄마는 얼빠진 표정으로 나를 바라보고 있었다.

"하나님이 도와주셔서 이 정도에서 그친 거예요. 할머니가 안 다치셨으니까 얼마나 다행이에요."

나는 내가 미소를 짓고 있다는 사실을 알아차렸다.

"기도해요, 우리. 더 나쁜 일이 안 생기도록 말이에요."

내 말에 큰엄마는 무어라 말을 하고 싶은 듯 연신 입을 씰룩댔지만 아무 말도 하지 않았다. 엄마가 아빠의 손을, 아빠가 내 손을 잡았다. 큰엄마도 엄마의 손을 잡았다. 나는 비어 있는 손을 할머니의 이불 속으로 집어넣었다. 하반신은 보송보송하게 말라 있었다. 큰엄마가 큰 소리로 기도문을 외우기 시작했다.

"하늘에 계신 우리 아버지……."

나는 할머니의 앙상한 손가락에 깍지를 꼈다. 미지근한 온도의 가죽이 손에 달라붙었다. 곧 손바닥 우묵한 곳에 땀이 차기 시작했다. 큰엄마를 따라 속으로 기도문을 외웠다. 모든 것이 완벽하게 평화로웠다.

{소설}

정혜진

요람

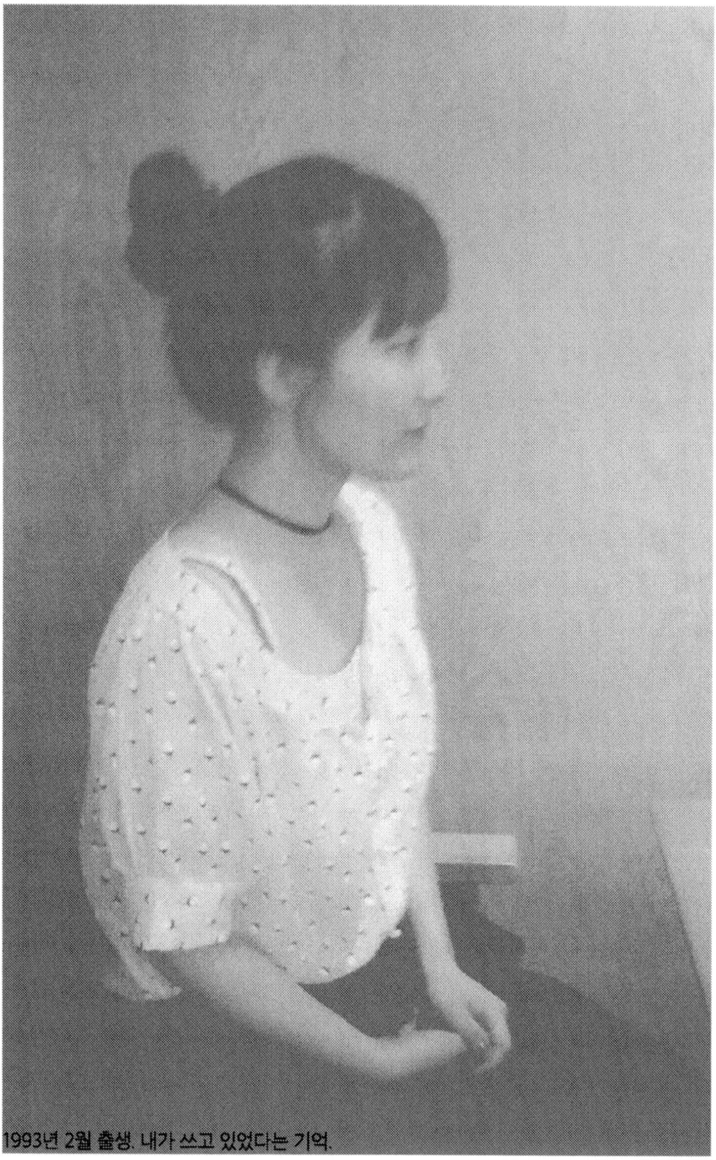
1993년 2월 출생. 내가 쓰고 있었다는 기억.

풍부한 상상력을 토대로 한 이 소설의 서사는 상당히 충격적이다. 소설은 SF적인 분위기를 풍기는 미래 사회를 배경으로 한다. 소설 속 미래 사회의 시스템은 지금까지 이런 스타일로 사회문제를 고발해온 여느 소설들처럼 잔인하고 비인간적이다. 그리고 그 안에는 현실과 허구, 현재와 미래를 아우르는 작가의 시선이 있다.

요람

이곳은 밖인가 안인가. 우석은 머리 위의 투명한 돔을 바라보았다. 넓은 돔은 금방이라도 우석을 짓누를 것만 같았다. 돔 너머로 크고 거대한 빌딩이 보였다. 빌딩은 중상위층부터 고위층이 모여 사는 곳이다. 우석은 자신의 발아래 붉은 흙을 바라보았다. 이곳은 지하인가 지상인가. 생명이 자랄 수 없는 적색의 땅에 들어온 지 오 년이 흘렀다. 노인들의 땅, 통칭 '구역 S'다.

우석은 마른기침을 하며 물통에 정수를 받았다. 저번엔 늑장을 부리다 물을 얻지 못해 하루 종일 갈증에 시달렸다. 수도꼭지에서 탁한 물이 쏟아졌다. 화학 약품에 절어 부어버린 우석의 손은 개구리의 발과 닮아 있었다. 우석은 과거 헤비메탈 밴드의 기타리스트였다. 지금에 와선 미쳤다고 생각하는 짓을 마흔이 될 때까지 계속했다. 심지어 아내와 아들도 있었다. 우석은 가족을 위해 기타와 앰프를 팔고 공장에 취직했다. 목에 걸린 피크 목걸이만이 그의 과거를 짐작게 했다. 우석은 부품 공장의 기계들을 관리했는데 공장의 기계들을 관리하는 기계가 등장하며 일자리를 잃었다.

아무도 아이를 낳으려 하지 않았다. 이 불황에 아이를 낳는다는 것은 아이를 껴안고 자살하는 것과 다를 바 없었다. 그럼에도 국가중앙통제소는 한시적으로 콘돔과 피임약의 유통을 막았다. 비극이었다. 우석은 원하지 않던, 절대 보려 하지 않았던 손자까지 보게 되었다.

성인이 된 우석의 아들은 우석에게 아이를 맡기고 인도로 향했다. '인디언 드림'은 젊은이들 사이에서 마지막 희망처럼 보였다. 우석의 아들은 우석에게 매달 생활비를 보내주었다.

〈아버지 진작 이럴 걸〉

인도로 향한 아들은 몇 년 지나지 않아 메모를 적어놓고 자살했다. 우석은 아들의 시신조차 찾을 수 없었다.

러시아와 일본이 파산했다. 남겨진 국민들은 은행 앞에 줄을 서서 기다렸다. 국내에선 재벌 총수가 죽었다. 사망한 총수의 몸에는 본인의 장기가 하나도 없었다고 한다. 죽음을 애도하는 행렬이 줄을 이었고, 사람들은 숨을 죽이며 나라가 망하지 않길 기도했다. 우석은 인력사무소 안에서 뉴스를 보며 칠십을 맞았다.

국가중앙통제소가 감당할 수 없을 정도로 노인 부양비가 한계에 다다랐다. 매일 바뀌는 법률 앞에 제대로 연금을 받는 노인의 수는 손에 꼽을 정도였다. 반발하는 이는 없었다. 노인들은 국가중앙통제소에 감히 그럴 수 없었다. 그나마도 받지 못하는 사람들이 있었기 때문이다.

유순하고 빈곤한 노인들은 비둘기처럼 거리로 쏟아져 나왔다. 그 사이엔 우석의 가족도 섞여 있었다. 우석은 집에서 쫓겨날 때, 젊은 시절 받았던 트로피의 금장식을 떼어 품 안에 넣었다.

각 도시의 역을 점령한 노인들은 매일 그 안에서 죽어나갔다. 늙고 병들어 죽은 사람도, 강도에게 칼로 쑤셔지고 구타당해 죽은 사람도 있었다. 그들은 모두 자연사로 처리되었다. 우석은 시체의 옷과 가방을 뒤져 소지품을 챙기는 일도 서슴없이 했다.

강도는 가장 위험한 존재였다. 우석은 금장식 끝에 실을 매어 입안으로 삼키곤 실 끝을 앞니에 묶었다. 우석은 제대로 자지 못한 채 신영과 현의 상태를 돌봐야 했다.

"할아버지, 우린 언제 집에 가요?"

현이 우석의 옷깃을 잡아당겼다. 우석은 현의 튼 뺨을 손으로 쓸어내렸다.

"가방에 있는 음식 다 먹으면 그때, 그때 갈 거야. 우리 다 같이 소풍 나왔다고 생각하자."

그는 여분의 음식이 담긴 가방을 끌어안으며 눈앞에 지나가는 모든 행인들을 경계했다.

노인들은 살기 위해 범죄를 저질렀다. 교도소에 들어가겠다며 '프리즌 웰빙'을 외치는 무리가 생겨났다. 노인 한 명이 칼을 들고 상점을 습격했고, 지나가던 청년이 그의 목을 비틀어 죽였다. 그 사건이 시발점이었다. 사회에서 노인들은 더럽고 위협적인 존재가 되어갔다. 젊은이들은 비둘기가 사라진 역에 등장한 노인들을 추악한 흰 비둘기, '도브'라 불렀다.

노인을 혐오하는 사회적 분위기가 조성되는 것은 순식간이었다. 도브 사냥꾼을 자처하고 나선 젊은이들이 있었다. 그들은 군중 속에 몸을 숨기고 아주 민첩하고 깔끔하게 노인들을 제거했다. 젊은 무리는 그럴듯한 이름을 원했다. 커뮤니티상, 익명의 아이디가 'Sneak'라는 영단어를 거론했고, 젊은 무리는 '스니커즈'라는 이름을 갖게 되었다.

스니커즈는 그들의 공식 사이트에 '노인의 양이 너무 많으니 줄이도록 하겠습니다'라는 캠페인 같은 문구를 걸어놓았다. 스니커즈는 노인들이 눌러앉은 도시의 도처에 있었지만 그들을 봤다고 말하는 사람은 아무도 없었다.

노인 문제가 극심해지자 국가중앙통제소는 '실버 개혁'을 공표

하며 노인들이 살 수 있는 구역을 지정했다. 그곳은 버려진 구시가지로, 땅 아래에는 쓰레기가 묻혀 있고 하늘 위에는 거대하고 투명한 돔이 씌워져 있었다. 바둑판처럼 나누어진 땅에 수백 개의 컨테이너 박스가 세워졌다. 국가중앙통제소는 돈 없는 노인들을 위한 복지와 안전을 약속했다. 그러나 구역에는 아무나 들어갈 수 없었다.

만 80세 이상인 자, 연금 수령액이 일정 수준 미만인 자, 노환으로 더는 생계유지가 어려운 자, 범죄 기록이 없는 자, 우리나라 태생인 자 등등, 국가중앙통제소가 내세운 조건과 부합해야 했다. 국가중앙통제소는 원활한 노인 복지 시스템을 위해 노력하겠다고 말했다.

국가중앙통제소는 구역 S에 살기를 희망하는 사람들에게 돈을 받았다. 무료 식수와 식사, 의료품까지 제공하겠다는 말에 우석은 신영과 현의 손을 잡고 구역 S로 향했다. 구역의 주변에는 이미 노인들이 길게 줄을 서 있었다. 다들 지치고 곤궁한 상태였다.

입구에는 서른 중반쯤 되어 보이는 젊은 공무원들이 있었다. 두 명은 입구를 지켰고, 가장 큰 체격을 가진 한 명이 자리를 잡고 앉아 입주자들을 가려냈다. 무장한 공무원들은 군인에 가까웠다. 공무원은 입주 희망자가 건넨 돈이 기준액에 미치지 못하면 가차없이 고개를 저었다. 입주에 실패한 사람들의 울음소리가 들려왔다.

"차라리 스니커즈를 불러줘. 난 여기서 죽겠어."

노부인의 말은 비명에 가까웠다. 그럴 때마다 우석의 옷깃을 쥔 신영의 손에 힘이 들어갔다. 우석의 차례가 오자 우석은 몸속에서 금장식을 토해내 그들 앞에 보였다. 공무원은 얼굴을 찌푸리며 금장식을 받아들었다. 금장식을 받아든 공무원은 우석을 보더니 알은체했다.

"이 트로피 금장식 보니까 알 것 같네. 와, 이런 곳에서 보게 되다니. 나, 당신 밴드 노래 되게 좋아해. 헤비메탈 쪽에선 거의 정석이잖아?"

우석은 공무원 앞에서 에어기타를 선보이며 큰 소리로 노래를 불렀다. 공무원은 박수를 치며 꽤 즐거워했다. 우석과 신영은 무사히 구역 S의 입구를 넘을 수 있었다. 그러나 현은 공무원의 손에 잡혀 있었다.

"그 애는 우리 애예요. 돌려줘요."

"애는 구역 S에 못 들어가. 같이 여기에서 나가든가, 애를 어디다 버리고 오든가."

아이를 버린다는 것은 아이를 국가에게 맡긴다는 것과 같은 말이었다. 버려진 아이들은 국가가 운영하는 거대한 고아원으로 가게 되었다. 그곳에서 아이들이 어떤 공부와 어떤 생활을 하는지는 알려진 바가 없다. 그곳의 상황이 어떠하든 지금보다 나쁘진 않을 거라고 우석은 생각했다. 현을 위해서라도 결단해야 했다. 자신이 얼마나 더 살 수 있을지 가늠할 수 없었다. 현은 우석과 다른 곳에서 사는 것이 더 나을지도 몰랐다. 가운데에 앉아 있던 공무원이 다른 공무원에게 현의 수속을 맡겼다.

"이 사람, 아동 양육 기관이랑 연결해줘."

지시를 받은 공무원이 우석에게 손짓했다. 우석은 목걸이를 벗어 현의 목에 걸어주었다.

"현아, 좋은 데로 가자."

멀리 떨어지지 않은 곳에 트럭 한 대가 서 있었다. 그 위엔 이미 아이들이 가득했다. 현과 같이 조손(祖孫) 가정에서 길러진 아이들이었다. 아이들은 불안한 표정으로 현을 바라보았다.

"이름?"

공무원이 현을 바라보며 물었다. 현이 대답하지 않자 우석이 대답했다.

"강현입니다. 올해 열세 살입니다."

"큰 애들은 좋은 데로 갈 수 있어. 운이 좋으면 군인이나 과학자나 연구원으로 길러지기도 하고, 나 같은 공무원이 될 수도 있고."

우석은 서툰 글씨로 국가에 아이를 위탁하겠다는 동의서 파일에 사인했다. 공무원은 현을 달랑 들어 트럭 위에 올려놓았다. 아이들을 가득 실은 트럭에 시동이 걸렸다.

"현아, 잘 살아라. 잘 살아야 한다."

"할아버지, 나 안 갈래요. 할머니!"

현은 트럭 위에서 뛰어내리려 했지만 다른 공무원에 의해 제지당했다. 현의 목소리가 우석의 속을 헤집는 것 같았다. 우석은 어쩔 줄 몰라 하는 신영을 끌고 입구로 돌아왔다. 트럭이 눈에서 멀어졌다.

"우리 잘 선택한 거죠?"

신영의 물음에 우석은 대답하지 않았다.

구역 안에는 인간형 로봇 여러 개가 돌아다니고 있었다. 로봇 하나가 우석 앞에 멈췄다. 로봇은 우석의 머리부터 발끝까지 스캔했다. 로봇의 입에서 종이 한 장이 프린트되어 나왔다.

구역 S-2, 358호.

타인의 지원금을 훔치려 했던 노인이 집단폭행으로 사망했다. 그도 역시 자연사로 처리되었다. 우석은 오 년 전 역에서 일어났던 도브 학살 사건에 비해 지금은 훨씬 안전하고 평화롭다고 생각했다. 현실에 트집을 잡기 시작하면 버틸 수 없을 것 같았다.

구역 S는 노인들이 유일하게 발을 붙일 수 있는 곳이었지만 발을 떼어서도 안 되었다. 국가중앙통제소의 허락 없이 땅을 벗어나 다른 곳으로 갈 수 없었다. 대신 돈을 더 내는 사람은 노인들의 신(新)구역, A로 이주할 권리가 주어졌다.

신영은 우석의 오른팔에 혈압 측정기를 두르고 맥박을 확인했다. 방 한쪽에 놓여 있는 라디오에서 잡음 섞인 뉴스가 흘러나왔다. 뉴스 속에 신영의 기침 소리가 겹쳤다.

"기침은 어때요? 혈압은 여전하네."

"당신이야말로."

"가끔 숨 쉬기도 힘들고 여기가 뻐근해요."

신영이 가슴께를 만졌다.

"폐렴이겠죠 뭐."

신영이 웃었다.

"기침은 둘째 치고 요즘 열이 나."

신영이 손으로 우석의 이마를 짚었다. 신영은 종이에 우석의 병세를 세세하게 적었다.

'Dyspnea, Fever, Hypertension, Pneumonia 증상.'

알 수 없는 영어가 종이를 채웠다. 종이는 의료품을 받으러 갈 때 유용했다.

"그냥 한글로 쓰면 안 되나?"

"습관이 되어서요."

우석은 간호사였던 신영이 어째서 자신과 결혼했는지 알 수 없었다. 신영이 살면서 저지른 가장 미친 짓은 우석과 결혼한 일일지도 몰랐다. 첫 만남의 기억은 강렬했다. 우석은 자기가 뿜은 물을 밟고 무대에서 자빠진 환자였고, 신영은 관중 속에 있던 간호사였다.

우석은 세탁된 옷가지를 들고 밖으로 향했다. 볕이 좋았다. 문 앞에는 차게 식은 밥과 레토르트 식품이 놓여 있었다. 신영의 브래지어와 옷가지가 엉켜 있었다. 우석은 욕지거리를 하며 옷가지를 풀어냈다.

"돕, 간밤에 안 뒤지고 잘 살았는가?"

우석이 옷가지와 씨름을 하고 있을 때 맞은편 구역에 살고 있는 오토가 나왔다. 오토는 일부러 도브라는 단어를 써가며 이죽거렸다. 우석은 인상을 구겼다. 그는 오토를 다시 볼 줄 몰랐다. 그것도 구역 S에서. 오토는 우석과 밴드를 이뤘던 멤버 중 한 명으로 보컬을 했던 남자였다. 오토는 술, 담배, 여자 빼고는 아무것도 곁에 두지 않았다. 오토의 귀가 요란한 피어싱으로 반짝였다.

"아침부터 네 얼굴 보고 싶지 않아. 들어간다."

우석이 식사를 챙겨 집 안으로 들어가려 하자 오토가 입을 열었다.

"살인 사건이 일어났어. 도둑질하던 노인네 쥐어터진 그거 말고. 스니커즈라던데? 다시 스니커즈의 이름을 듣게 되다니.”

“주워들은 말 아무 데나 떠들고 다니지 마.”

집 안으로 들어온 우석은 신영과 함께 식사를 했다. 그는 주먹밥을 먹으며 신영의 안색을 살폈다. 오토에게 스니커즈에 관련된 소식을 전해들은 것은 아닐까. 신영은 역 안에서 스니커즈와 마주쳤었다. 통통한 몸의 여고생은 마스크를 쓴 채 노인의 몸에 주사기를 꽂았다. 그녀는 신영과 눈이 마주친 순간 일어서서 역을 벗어났다. 신영은 가끔 주사기가 목에 꽂히는 악몽을 꾸었다.

라디오 뉴스를 통해 스니커즈의 소식이 흘러나왔다. 오 년 만에 나타난 스니커즈는 도브 사냥을 시작하겠다고 말했다. 오토의 말은 틀리지 않았다. 신영은 침착하게 주먹밥을 씹어 삼켰다.

노인들이 도시에서 물러났지만 스니커즈는 멈추지 않은 모양이었다. 노인들이 밀집한 구역 S는 스니커즈에게 좋은 사냥터가 될 것이 분명했다. 구역은 소수의 공무원들로 보호받고 있었지만 안전하지 않았다. 그들은 입구에서 졸다가 사망자가 나오면 그 시체를 처리할 뿐이었다.

소식이 전해지자 구역 S의 한 노인이 짐을 꾸려 입구를 향해 달려나갔다. 빌딩 안에서 파산하고 구역 S까지 내쫓긴 노인이었다. 공무원들이 입구를 막고 서 있었다.

“나를 구역 A로 보내줘! 여기서 개죽음당할 수 없다고. 스니커즈가 국가의 개가 되었다는 건 빌딩 사람들은 다 알아!"

주민들은 거리로 나와 노인의 마지막 외침을 들었다. 구역 S의 최고 관리자가 나타나 노인의 흉부에 총을 쐈다. 고꾸라진 노인의 시체를 공무원이 입구 밖으로 끌고 나갔다.

"우리는 여기서 나갈 수 없어. 다 여기서 죽는 거야."

건너편의 오토가 중얼거렸다.

아침 해가 떠오르면 노인들은 자신이 죽었는지 살았는지부터 확인했다. 그리고 살아 있는 사람들은 거리로 나와 지원금과 식사, 의료품을 받아갔다. 거리에 모인 노인들은 지원금을 저축해서 구역 A로 옮겨가야 하지 않겠냐는 이야기를 나눴다.

"우리도 옮겨야 하지 않을까요?"

"구역 A로 가려면 돈이 필요해."

"신시가지로 향하는 버스가 생긴대요. 그 버스를 타고 가면 국가에서 일용직을 준다고 했어요."

국가에서 노인들에게 일자리를 제공한다는 소식을 우석도 들은 적이 있었다. 라디오에선 시가지에 사는 사람들 신발을 닦아주며 돈을 받는 수준의 가벼운 일이 될 것으로 예상했다.

구역 S의 입구에 몇 대의 버스가 섰고, 곧 노인들로 버스가 가득 찼다. 돌아오는 버스에선 보이지 않는 얼굴들도 있었다. 돌아온 이들은 몇몇이 일을 하다가 도중에 죽었다고 말했다. 그럼에도 신영은 계속해서 일하러 가겠다고 고집을 피웠고 우석은 끝까지 반대했다.

“당신은 안 돼. 대신 내가 갈게.”

우석은 나갈 채비를 마치고 집 밖을 나섰다. 여성들만 가득 채운 버스 한 대가 출발했다. 우석이 마지막 버스를 향해 뛰었다. 그때 앞서가던 버스가 굉음을 내며 폭발했다. 우석은 머리를 감싼 채 바닥에 엎드렸다. 버스는 불타고 있었다. 소란에 노인들이 밖으로 나왔고 신영이 맨발로 우석에게로 뛰어왔다.

스니커즈가 버스 폭발은 자신들의 소행이라고 밝혔다. 신시가지로 향하는 버스 운행은 중단되었다. 구역 S 안에 살던 인구가 반이나 줄었다는 통계가 라디오를 통해 흘러나왔다.

우석은 아침 식사를 배급받기 위해 줄을 섰다. 어느 날보다 마음이 복잡했다. 오토가 다가와 우석의 등을 두드렸다. 오토의 귀는 여전히 화려했다. 우석은 다시 앞서 있는 사람의 뒷머리를 바라봤다. 우석은 자신의 차례를 기다리며 연신 기침을 했다.

“신영 씨, 버스를 타려고 했다던데. 안 갔나? 살 사람은 산다더니 운이 좋았어.”

“간다는 걸 내가 말렸어. 정말 신발이라도 닦으러 가는 줄 알더군.”

“하하. 신발? 그 여자들 꽤 큰돈을 받고 에이즈 보균자들에게 매춘하러 간 거야. 그들끼리는 다 알고 있던데? 신영 씨도 알고 있었을걸? 계약서까지 썼으니까."

앞선 줄이 짧아지는데도 우석은 움직일 수 없었다.

"먼저 갈게."

오토가 슬쩍 우석 앞으로 끼어들며 말했다. 먹을 것을 가지고 돌아온 우석은 신영과 크게 싸웠다. 신영을 그런 식으로 죽게 하고 싶지 않았다.

"내가 지금 뭘 할 수 있는데. 당신 건강이나 체크하는 거? 스니커즈가 오면 다 끝이야."

가만히 젊은이들에게 목을 내어주어야 하는 건가. 죽는 것 외에 남아 있는 선택이 없었다. 밤이 될 때까지 우석은 신영과 말 한마디 섞지 않았다. 우석은 모로 누워 자는 신영의 옆모습을 바라봤다. 단정한 양복 차림으로 두 손에 힐을 들고 헤비메탈에 열광하던 신영의 모습이 눈에 선했다. 멀리서 총성이 들려왔다. 우석은 신영의 등에 얼굴을 묻었다. 문에서 노크 소리가 들렸다. 우석은 몸을 세워 문 너머의 인영을 봤다. 문 너머의 사람은 거세게 문을 흔들었다. 그 바람에 신영이 잠에서 깼다.

"무슨 일이에요?"

우석이 식칼을 꺼내 들고 문으로 다가갔다.

"누구세요?"

"나야. 오토."

우석은 크게 한숨을 쉬며 문을 열었다. 오토는 술 두 병을 들고 있었다. 라벨도 붙어 있지 않은 싸구려 술이었다. 점심에 먹고 남은 김치 찌꺼기를 앞에 두고 오토는 술을 마시기 시작했다.

"여긴 왜 온 거야?"

우석이 팔짱을 낀 채 물었다.

"같이 마시던 놈이 스니커즈한테 당했어. 걔가 남기고 간 지원금으로 술을 좀 샀지."

나, 술 혼자 못 마시거든. 오토가 중얼거렸다.

"방금 총성은 들었어? 간 큰 노부부가 공무원 총을 훔쳐서 자살했다던데."

우석이 술을 병째 들이켜자 오토가 박수를 쳤다.

"죽은 사람들은 전부 나라에서 데려가더라고. 가서 부검한답시고 여기저기 들쑤시겠지. 그리고 나중에 어떻게 되겠어. 장사 치러줄 사람도 없는데. 혹시, 나 뒤지면 장례 좀 치러줘. 어딘지도 모르는 데 가서 여기저기 칼로 쑤셔지고 싶지 않으니까."

오토는 돌아갈 때까지 우석에게 문단속 잘하라고 일렀다.

사람들은 계속해서 늙어갔고 새로운 노인들이 구역 S로 들어왔다. 들어왔다기보다는 끌려왔다. 공무원은 무리 지은 노인들을 구역 S의 입구에 내려놓고 사라졌다. 체념하고 들어온 사람이 있는가 하면 입구에서 버티다가 아사한 노인도 있었다. 입구에는 그들의 소지품들이 놓였고 필요한 사람들은 자유롭게 가져갈 수 있게 했다. 입구의 공무원들은 시체의 품속에서 나온 담뱃갑 속 담배를 꺼내 피우며 어제 봤던 영화에 대해서 떠들었다.

구역 A에 대한 일부 노인들의 열망은 쉽게 꺼지지 않았다. 거기에 무엇이 있는지, 실제로 안전한지 아는 사람은 없었지만 스니커즈에게 점령당할 구역 S보다 나을 거라는 희망을 버리지 않았다.

우석은 악착같이 지원금을 모았다. 금액은 구역 A의 최저 입주비에 얼추 가까워졌다. 반은 우석과 신영이 모은 것이지만, 반은 희생된 도브들의 지원금을 훔쳐온 것이었다. 우석은 끝까지 도망쳐보기로 했다. 스니커즈에게 당하지 않겠다는 오기 또한 생겨났다.

우석은 구역 A로 갈 때 필요한 금액이 얼마 정도인지 묻기 위해 공무원에게 말을 걸었다. 우석이 갖고 있는 금액을 들은 공무원은 코웃음을 쳤다.

"그건 한 달 전 가격이구요. 청전부지로 솟는 게 구역 A 집값인데 어림없어요."

집에서 기다리던 신영은 우석의 표정을 보고 갈 수 없다는 것을 알았다. 우석과 신영은 지원금을 눈앞에 늘어놓고 뭘 먹고 싶은지 뭘 하고 싶은지 이야기했다.

"기타, 살 수 없으려나? 당신 기타 소리 못 들어본 지 벌써 사십 년이 넘었는데."

"말도 안 되는 소리. 그런 거 말고. 당신 약, 좀 더 좋은 것으로 살까?"

"나는 기타를 샀으면 좋겠어요. 기타, 사줄 거죠?"

우석은 개구리 발 같은 자신의 손가락을 보았다. 과연 여전히 기타를 칠 수 있을까?

우석은 지원금을 물건과 거래해주는 거래상에게 웃돈을 얹어주고 일렉기타와 앰프를 얻었다. 일렉기타와 앰프 모두 오래된 중고품이었지만 소리는 그리 나쁘지 않았다. 우석은 기억을 되살려 기타 음을 조율했다. 손에 떨리는 줄의 감각이 느껴졌다.

"오토 씨 불러서 같이, 그때처럼 연주하고 놀아요."

"그래, 좋은 생각이야."

오랜만에 신영은 아주 들떠 보였다. 신영은 짐 속에서 CD와 앨범을 꺼내고는 한참을 떠들었다. 사진에는 우석과 신영, 오토를 포함한 다른 멤버 세 명의 모습도 찍혀 있었다.

하루도 거르지 않고 아침이 되면 스니커즈의 희생자가 나왔다. 우석도 피해 갈 수 없었다. 우석은 현관 앞에 쓰러져 있는 신영의 모습을 발견했다. 몸을 흔들어봤지만 숨은 이미 멎어 있었다.

신영의 옷 사이에 떨어진 종이에는 우석의 병세가 세세하게 적혀 있었다. 단정한 글씨체의 알파벳이었다. 신영의 악몽처럼 그녀의 목에는 주삿바늘이 보였다.

신영은 눈도 감지 못한 채 죽었다. 우석은 신영의 눈을 손으로 감겨준 후 한참 동안 신영의 곁에 앉아 있었다. 몸에 큰 상흔이 없었기 때문에 언뜻 보면 자는 것처럼 보였다. 세상은 아주 고요하고 적막했다.

우석과 오토는 땅을 파고 그 속에 신영을 묻었다. 신영의 얼굴 위로 적색의 흙이 뿌려졌다. 우석의 눈에 신영이 보이지 않았다. 그제야 모든 일이 실감이 났다.

우석은 앰프에 기타를 연결했다. 기타는 마치 살아 있는 것처럼 소리를 냈다. 우석은 신영이 가장 좋아했던 그들의 밴드 곡을 연주했다. 두꺼워지고 둔해진 손가락 때문에 기타는 정확한 소리를 내지 못했다. 목에 무리가 가는지 오토는 노래를 부르다가 계속 끊었다.

"장례식에 데스메탈이라니. 지옥에 떨어지겠군."

"신영이가 좋아할 거야."

우석은 그대로 기타를 부숴 무덤 위에 올리고 불을 붙였다. 그리고 불 위에 신영의 옷을 쌓았다. 연기는 높이 올라가 구역 S를 덮었다.

"앞으로 어떻게 할 거야?"

오토가 손바닥에 불을 쬐며 우석에게 물었다.

"내가 뭘 할 수 있겠어."

신영이 키우던 화분을 깨뜨려 식물을 그 위에 하나씩 심어놓으니 무덤의 형태가 갖추어졌다. 믿어본 적 없는 신에게 처음으로 기도를 했다.

우석은 밖에 나가지 않았다. 뉴스도 듣지 않았다. 나오는 지원금은 모두 술로 탕진했다. 방 안은 쓰레기로 가득했다. 몇 차례 위액을 토했더니 식도가 상했다. 우석은 죽음이 아주 가까이 왔음을 느꼈다. 오토는 가끔 집에 들러 식사를 던져주고 사라졌다. 스니커즈가 언제 다시 이 집에 올 것인지 우석은 전혀 궁금하지 않았다.

날이 어두워지고 우석은 기침을 하며 자리에 누웠다. 문 너머로 사람의 모습이 보였다. 우석은 일어날 기력도 없어 사람이 문을 열고 들어오는 것을 지켜보았다. 등 가까이로 다가온 남자의 얼굴은 보이지 않았다.

"오토?"

우석의 말이 힘없이 흘러나왔다. 불빛에 드러난 남자의 얼굴을 우석은 단번에 알아볼 수 있었다. 신장이라든지 이목구비라든지 많이 변했지만 우석의 손자인 현이었다.

"현아."

"역시 할아버지 맞네요."

얼굴 한쪽에 큰 화상을 입은 현은 고가의 검정색 슈트를 입고 있었다. 가방을 내려놓은 현은 자리에 앉았다.

"연락이 없어서 다른 나라라도 간 줄 알았다."

현이 주위를 둘러보았다.

"네 할머니는……."

"할머니는 제가 죽였어요. 제가 이 구역 담당이라서."

우석의 말을 끊은 현은 양복 안주머니에서 명함을 꺼냈다. 명함에는 스니커즈라는 단어와 비둘기가 그려져 있었다. 강현이라는 두 글자도 선명했다.

현이 가방을 열었다. 가방 안에는 칼과 주사기를 비롯한 도구들이 정리되어 있었다. 현은 가방 한쪽에서 흰 봉투를 꺼내어 우석에게 건넸다.

"구역 A로 이주하세요. 그곳은 국가에서 건드리지 않기로 계약했으니 안전할 겁니다. 여긴 달라요. 구역 S는 이제 기록에서 사라집니다. 스니커즈가 전체적으로 여길 정리하러 올 거예요. 다음은 할아버지가 제 상대가 될 겁니다."

"네가 할머니를 죽였다고? 어째서?"

"돈은 한 사람 몫입니다. 할머니는 할아버지한테 이 돈을 양보했어요. 그날 할머니가 돈을 양보하지 않았더라면 할아버지는 지금 여기 없었을 거예요. 할머니한테 감사하세요."

"어떻게 할머니를 죽일 수 있었냐고 묻는 거야. 우리에게 복수를 하려는 거니? 우리는 그때 널 버린 게 아니야."

우석은 현을 트럭에 실어 보냈던 그날이 항상 마음에 걸렸다.

"거창한 이유 없어요."

현이 듣기 싫다는 듯 미간을 찌푸렸다.

"전 국가에 고용되었어요. 공무원이에요. 저는 그저 그들이 하라는 일을 할 뿐이에요. 국가는 겁이 많아요. 이런 찝찝한 일일수록 제 손으로 하지 못하죠. 그래서 우리가 있는 거예요."

현이 손으로 자신의 슈트를 쓸어내렸다.

"잘 살라고 하셨잖아요. 잘 살고 싶었어요."

현의 목에 피크 목걸이가 걸려 있었다. 현의 말에서 거짓을 찾을 수 없었다. 현의 살인에는 죄악감이나 죄책감이 있을 리 없었다. 자신의 일을 다 끝마쳤다는 보람과 성취감만이 있을 뿐이다.

"장난으로 하는 게 아녜요. 이 상처 보여요?"

현의 손이 화상 자국을 가리켰다. 상처는 현의 얼굴 반쪽을 뒤덮고 있었다.

"노인이 끓고 있던 주전자를 던졌어요. 빨리 그 사람을 처리하지 않으면 내가 죽어요. 스니커즈도 죽는다구요."

저는 후회 안 합니다. 그 말을 마지막으로 현은 밖으로 나갔다. 우석은 발소리가 사라질 때까지 그 소리를 듣고 있었다. 동이 터왔다. 흰 봉투 안에는 고액 지폐가 가득 들어 있었다. 신영의 목숨값이었다.

우석은 기운을 차리자마자 오토를 찾아갔다. 우석이 오토를 먼저 찾아간 것은 처음이었다. 오토는 문 앞에 서 있는 우석이 어색해서 웃었다. 우석은 전과 다르게 좋은 눈을 하고 있었다.

"뭐야. 다 늙은 노인이 그런 산뜻한 표정 짓는 거 아냐. 기분 나쁘잖아."

"하나만 부탁해도 되나?"

"갑자기 찾아와서 덜컥 부탁이라니. 그래, 들어나 보자."

"내 장례를 치러줘. 나도 영문도 모른 채 어디론가 가서 들쑤셔지고 싶지 않아서 그래."

"선수 치네. 그럼 내 장례는 누가 치러주나."

오토는 우석이 먼저 가는 건 치사하다며 웃었다.

우석은 매일 문을 바라보며 현이 오길 기다렸다. 현이 온 것은 닷새가 지나고 난 후였다. 현은 우석이 보고 있을 줄 알았다는 듯 한숨을 내쉬었다. 현과 우석은 마주 앉았다. 현의 얼굴에는 이식

한 살점이 붙어 있었다.

"고집은 여전하시네요."

"얼굴은 수술했니? 훨씬 보기 좋네."

현은 더 말하지 않고 묵묵히 가방을 열어 그 안에서 수술용 장갑과 주사기를 꺼냈다.

"꼭 네 할머니 같구나."

우석은 말하며 현에게 팔을 내밀었다. 주삿바늘이 우석의 팔 깊숙이 박혔다. 혈관을 타고 주사액이 퍼졌다. 주삿바늘이 빠져나간 자리에 빨간 점처럼 피가 맺혔다. 내 피를 보는 건 또 오랜만이군. 우석은 중얼거리며 품속에서 흰 봉투를 꺼냈다.

"가져가. 네 할머니 죽여서 번 돈 받고 싶지 않아."

현이 흰 봉투와 우석을 번갈아 보는 사이 우석이 현의 늑골 사이에 봉투를 있는 힘껏 쑤셔 박았다. 현은 비명도 지르지 못했다. 봉투를 빼내자 피가 쏟아져 내렸다. 봉투가 땅에 떨어지고 우석의 손에는 작은 과도가 쥐어져 있었다. 흰 봉투가 현의 피로 젖어갔다. 현이 피를 토하며 앞으로 고꾸라졌다.

"어떻게 또 이런 곳에 널 혼자 두고 가겠니."

우석이 고개를 저었다. 그의 눈에서 눈물이 흘렀다.

"소풍 끝났다. 돌아가자, 현아."

우석은 흐릿해져가는 의식 속에서 모든 일을 자신의 탓으로 돌렸다. 아들이 인도로 간 것도, 신영을 지키지 못한 것도, 현이 스니커즈가 되어 노인들을 죽이게 된 것도. 우석은 천천히 숨을 쉬며 현을 바라보았다. 우석의 손끝에 현의 피가 닿았다.

오토는 우석과 현을 신영의 옆에 묻기로 했다. 신영의 무덤을 다시 파내는 것은 고된 일이었다. 신영의 옆에 우석과 현이 누웠다. 그 모습은 마치 가족이 모여 달게 자고 있는 것 같았다. 오토는 현의 모습을 보며 우석의 청년 시절과 닮았다고 생각했다. 그렇다면 현의 미래는 우석의 모습을 하고 있을지도 몰랐다. 가족의 얼굴 위로 다시 적색의 흙이 뿌려졌다.

스니커즈는 아직 사라지지 않았고 여전히 노인들과 관련된 사고는 끊임없이 반복되었다. 오토는 노인들의 장례를 지내줄 팀을 만들었다. 그리고 자주 멍하니 맞은편 집을 바라보게 되었다. 구역 S에는 다시 노인들이 들어오기 시작했고, 노인들은 차례대로 마을 입구를 지켰다. 그들은 자신들을 지키기 위한 병사(兵士)로 존재했다.

{청소년소설}

송송희

방울방울

1991년 12월 21일생. 그러고 보면 맴맴 도는 도돌이표 같은 운명은 타고났나 보다. 꿈을 찾아 방황하다가 스물두 살, 조금 늦은 나이에 중앙대학교 문예창작학과에 입학했지만 꿈을 못 정하고 졸업. 때문에 스물여섯 살에 또다시 사춘기를 겪고 있다. 앞으로 몇 번의 사춘기를 더 겪게 될지 모르지만, 이거 하나는 확실하다. 기댈 데 없는 삶을 살아가는 서툰 사람들에게 심심한 위로를 건넨 작가로 내 인생에 피네(Fine)를 찍고 싶다는 것.

「방울방울」에는 누군가의 무한한 애정을 받고 싶어 하는 마음이 여기저기 흩어져 있다. 덕지덕지 붙어 있다. 하지만 주인공은 절대 구걸하지 않는다. 대신에 그 마음을 강아지 '하루'에게 쏟는다. 애정을 받고 싶은 마음과 애정을 주고 싶은 마음은 결국 같은 지점이라는 것을 작가는 알고 있는 것 같다. 그 지점에서 비극이 시작된다는 것도.

방울방울

촉!

또다. 물방울이 떨어진 느낌. 반사적으로 고개를 들었다. 교실 천장에는 아무것도 없었다. 서늘한 기운이 남아 있는 머리 속을 만져보았다. 역시나 아무것도 묻어 나오지 않았다.

주위를 둘러보았다. 다들 국어 선생님이 불러주는 시어의 함축적 의미를 받아 적느라 바빴다. 반성문 빽빽이를 하듯 진심 없이 손만 움직이는 아이들. 선생님 입에서 '이거 시험에 나온다'는 말이 떨어지기만 기다리는 모습을 보고 있자니 문득 웃음이 났다. 평소 같으면 천장에서 물방울이 떨어지는데도 개의치 않고 공부하다가 갑자기 물 폭탄을 맞고 깜짝 놀라는 아이들과 선생님을 상상하며 웃었을 거다. 하지만 오늘은 달랐다. 오늘은 하루가 생각났다.

하루는 오빠가 키우는, 아니 오늘부로 '키웠던'이 된 강아지다. 내가 손에 간식을 들고 있으면 하루는 밖에서 발소리가 들려도 평소처럼 현관으로 좇아나가지 않고 나한테 딱 붙어 있었다. 그리고 내가 '앉아' 하면 앉고, '손' 하면 앞발을 내밀고, '엎드려' 하면 토실토실한 궁둥이를 뒤로 쭉 내밀면서 엎드리고, '기다려' 하면 눈앞에 간식을 두고도 기다리다가 '먹어' 소리가 떨어지자마자 쏜살같이 달려들어 먹었다.

나는 특히 '기다려'에서 기다리는 훈련을 시킨답시고, 아니 사실은 빨리 먹고 싶어서 옴짝달싹, 안절부절못하는 하루가 너무 귀여워서 시간을 오래 끌었다. 그런데 기다리는 게 이토록 힘든 거였다면 하루보고 진즉에 먹으라고 할 걸 그랬다. 그동안 하루 약 올린 벌이라도 받는 걸까? 오늘따라 시간이 참 더디게 갔다.

하루 갔을까? 아냐. 아직 2교시이니까 안 갔을 거야. 그럼 집에서 뭐 하고 있을까? 떠나는 걸 예감하고 슬퍼하고 있을까? 부엌 싱크대 밑에서 우울한 표정 지으면서? 하긴 아기 때랑은 다르지. 이제 다 컸으니까 주인도 알아보고, 버려지는 거… 기억할 거야. 아니다. 하루는 긍정적이니까 세상모르고 자고 있을지도 몰라. 몸을 발라당 뒤집어서 사람처럼 누워 있거나 아님 뒷다리를 뒤로 쭉 뻗고 엎드려 있을지도 모르지. 풋, 하루 그럴 때마다 닭다리 생각났는데. 아니면, 요 말썽꾸러기 또 장난칠 거 없나 하다가 장판을….

촉!

다시 물방울을 맞은 느낌에 정신이 번쩍 들었다. 선생님은 벌써 다른 부분으로 넘어가 있었다. 나는 놓친 부분을 채우려 옆자리에 앉은 지수의 책을 곁눈질했다. 지수는 손을 슬쩍 움직여 필기한 부분을 가렸다. 한숨이 나오려던 그때, 쉬는 시간 종이 경쾌하게 울렸다. 나는 재빨리 '산소호흡기'로 달려갔다.

'산소호흡기'는 우리 학교 운동장에 있는 나만의 비밀 장소다. 학기 초, 중학교 때랑은 많이 다른 아이들, 선생님, 수업 분위기, 무엇보다 나를 이방인처럼 바라보는 낯선 시선들에 적응이 안 되어 도망치다가 발견했다. 앞에는 탁 트인 운동장이, 뒤로는 몸을 기댈 수 있는 스탠드 계단이 있는 운동장 가장자리에 서 있으면 뭉쳐 있던 가슴께가 탁 풀리면서 숨이 제대로 쉬어졌다. 마치 산소호흡기를 단 것처럼. 그래서 나는 이곳을 '산소호흡기'라 부르기로 했다. 그러면 체육 시간 말고는 아무도 찾지 않는, 학교 안 누구의 시선도 닿지 않는 이곳이 특별해지는 기분이었다.

그런데 오늘은 이 특별한 친구도 소용이 없었다. 가만히 숨 쉬기, 달리기, 망 줍기, 낙서하기. 일주일 치 놀이를 다 해버렸는데도 마음에 달린 돌덩이가 사라지지 않았다.

문제는 나였다. 숨 쉴 때마다 하루 코 고는 소리가 귓가에 맴돌고, 산책할 때마다 나와 앞서거니 뒤서거니 했던 하루 모습이 눈앞에 아른거렸다. 이럴 줄 알았으면 여기까지 하루를 데려오는 게 아니었는데.

어느 비 오는 날, 이 주째 산책을 못 가서 답답해하는 하루를 데리고 산소호흡기에 온 적이 있었다. 나에게 소중한 공간을 소개해주면 하루한테 미안한 마음이 덜어질 것 같아서였다. 늘 그렇듯 나를 앞질러 저만치 뛰어가던 하루는 갑자기 멈춰 서더니 땅에 코를 박고 킁킁거렸다. 그러고선 앞발로 땅을 막 파기 시작했다. 얼마나 집중했는지 내가 다가온 것도 몰랐다. 나는 하루를 놀리려고 하루가 헤친 흙더미에 손을 넣었다가 불쑥 내밀었다. 하루는 깜짝 놀랐는지 왕왕 짖다가 내 반대편으로 뛰어갔다. 순간 하루 힘을 못 이긴 나는 손에 쥐고 있던 목줄을 놓치고 말았다. 그래서 목줄을 끌며 달려가는 하루를 잡으러 우산도 내팽개치고 뛰어다녀야 했다.

얼마나 날쌘지 하루는 쉽게 잡히지 않았다. 겨우 잡았을 땐 우리 둘 다 비인지 땀인지 분간이 안 갈 정도로 젖어버린 상태였다. 결국 산책 나와 처음으로 하루 목줄을 풀어주었다. 하루는 무척 신이 나 보였다. 나도 덩달아 신이 났다. 하루와 한바탕 잡기 놀이를 하다 보니 초등학생 때로 돌아간 기분이 들었다. 그때는 점심시간마다 친구들이랑 운동장에 나가서 술래잡기를 했는데, 나는 한번 술래가 되면 종이 칠 때까지 술래를 벗어나지 못해서 툭하면 삐지곤 했다. 하지만 하루와의 놀이에서는 내가 계속 술래여도 삐지지 않았다. 그저 오랜만에 힘껏 내달릴 수 있어서 행복했다. 하루도 그랬을까? 그날 밤, 코까지 골며 잠든 하루의 벌어진 입이 꼭 웃고 있는 것처럼 보였다.

그렇게 좋아했는데, 귀찮다고 미루지 말고 하루랑 산책 좀 자주 나갈걸. 아니면 잘 놀아주기라도 할걸. 장난감 대충 잡고 있다가 하루한테 물려서 괜히 신난 하루 혼내기나 하고. 하루는 기분 좋아서, 장난치고 싶어서 으르렁대고 짖은 건데 시끄럽다고 짜증이나 내고. 예나 지금이나 장난을 장난으로 못 받아들이는 내가 문제였다. 구제불능 유하라. 어쩌면 그때 오빠도 정말 장난이었을지 모르는데….

나에게는 열 살 위인 오빠가 있다. 오빠는 어렸을 때 나를 많이 때렸다. 학교 갔다 돌아오면 늘 화난 얼굴이었고, 곧 주먹이나 발길질이 날아왔다.

어디를 어떻게 맞았는지는 기억나지 않는다. 어제 먹었던 반찬이 뭐였는지 세세하게 기억은 안 나도 밥은 먹은 걸로 기억하는 것처럼 맞는 게 그냥 일상이었던 것 같다. 까맣게 지워진 기억 뒤로는 먹통이던 티브이가 다시 켜진 것처럼 엄마한테 혼나는 기억으로 넘어갔고, 오빠는 "그냥 장난친 건데 얘가 운 거야."라고 말했다. 그럼 엄마는 오빠가 귀여워서 장난친 건데 동생이 돼서 그런 것도 못 받아주느냐고 나를 혼냈다. 억울한 마음에 더 크게 울면 엄마는 "뚝 그쳐!" 그 한마디로 입을 다물게 했다.

나는 오빠한테 맞아서 진짜 어디가 잘못돼야 엄마가 나를 믿어줄까 싶었다. 하지만 오빠는 나를 딱 아파 '죽겠는' 정도로만 때렸다. 정말 미칠 노릇이었다. 차라리 미쳐버렸으면 싶었다. 그럼 괴로운 것도 모를 거고, 내 말을 믿지 않은 엄마가 엄청 미안해할 것 같았다. 나는 미쳤다 생각하고 머리카락을 헝클어뜨려 비비 꼬았다. 창턱에 앉아 헤실헤실 웃다가 우울한 노래를 부르며 울다가 갑자기 막 소리를 질렀다. 하지만 미치는 건 쉽지 않았다. 신고도 안 당했다. 나는 언덕 위의 하얀 집 대신 한낮에도 해가 들지 않는 어두컴컴한 복도 끝 집에 갇혀서 매일같이 오빠가 지칠 때까지 두드려 맞았다. 왜 맞는지도 모르고. 차마 묻지도 못하고.

그런데 오빠가 고등학교는 원하는 데로 가서인지 그때부터는 때리지 않았다. 학교에서 소풍 가는 날엔 휴게소에서 맛있는 거 사 먹으라며 엄마 대신 용돈을 주기도 했다. 그래도 나는 오빠가 무서웠다. 실컷 때리고 나서 엄마한테 이르지 말라고 손에 오백 원을 쥐여줬던 것처럼 또 언제 주먹이 날아올지 몰랐다. 오빠가 멀리 대학을 가면서 집을 떠난 뒤에야 나는 오빠의 화난 눈빛에 자동적으로 움츠러드는 파블로프의 개 신세를 면할 수 있었다.

그런데 내가 고등학생이 되면서 다시 위기가 닥쳤다. 기숙사를 닫는 주말마다 네 시간이 넘게 걸리는 집에 갈 수 없어서 학교 근처에 있는 오빠 집으로 가게 된 것이다.

그렇게 하라는 엄마 말을 듣고 처음에는 썩 내키지 않았다. 명절 때에만 겨우 오빠 얼굴을 보는데도 공부한다는 핑계로 내 방에 콕 박혀 있던 나였다. 오빠가 부모님보다 용돈을 더 많이 줘도, 부모님과 다른 특선 영화를 오빠와 함께 보면서도 나는 편히 웃을 수 없었다. 그런데 또다시 오빠와 둘만 남겨지다니.

하지만 나는 더 이상 맞고만 있을 정도로 약하지 않았다. 이제는 키도 머리도 오빠만큼 컸다. 오빠도 직장인씩이나 돼서 설마 때릴까 싶었다.

막상 오빠 집에 갔을 때는 그런 생각들이 민망해졌다.

"왔어?" 하면서 문을 열어준 오빠 집에 들어서니 맛있고 따뜻한 냄새가 나를 반겼다. 오빠는 주방에서 분주해 보였다.

"저녁 안 먹었지? 좀만 기다려. 거의 다 됐어."

그러고서 오빠가 식탁에 내온 건 세상에나, 파스타였다! 나는 파스타가 고급 레스토랑에서만 만들 수 있는 요리인 줄 알았다. 그런데 오빠는 이 대단한 걸 아무렇지도 않게 뚝딱 만들어냈다. 심지어 맛도 그런 데서 먹어본 적은 없지만 훨씬 맛있는 것 같았다. 나는 손님처럼 가만히 앉아 있게 하고, 오빠가 요리부터 상 차리는 것, 먹는 방법 설명까지 다 해주니까 순간 오빠가 티브이에 나오는 유명 셰프보다 더 멋져 보였다.

그 외 오빠의 김치볶음밥, 닭볶음탕 등 소소한 자취생 요리부터 주부 9단 요리까지 맛보는 것은 주말의 예능 프로 못지않은 큰 즐거움이었다. 그뿐만 아니라 오빠는 내가 학교에 있는 동안 먹고 싶었던 피자, 치킨, 햄버거 등을 시켜주기도 했다. 갈릭디핑 소스나 사이드 메뉴 같은, 엄마는 절대 시켜주지 않는 추가 메뉴도 통 크게 쐈다.

오빠는 공부도 도와주었다. 내가 안 풀려서 끙끙대는 문제가 있으면 힐끔 보고 힌트를 툭 던져주었다. 그것도 모르냐면서 꿀밤을 때릴까 봐 조마조마했는데 의외였다. 모의고사나 중간고사, 기말고사를 보고 난 주말은 오빠 차를 타고 경치 좋은 곳으로 드라이브를 갔다. 호수공원, 휴양림, 강변 등등 많은 곳을 갔지만 나는 벚꽃 구경이 제일 좋았다. 태어나 처음으로 봄에 벚꽃이 한창 흐드러지게 피었을 때 벚꽃 구경을 해본 거였다. 사람이 바글바글한데도 어딘가 느슨하게 풀어져 보이는 오빠의 얼굴, 목화솜 무더기처럼 폭신해 보여서 폭 안기고 싶은 벚꽃들, 코끝을 은은하게 맴도는 향기, 그리고 이 모든 것이 자아내는 분위기에 한껏 취해 있다 보니 사람들이 왜 봄이면 벚꽃 구경에 목을 매는지 알 것 같았다.

나는 주말이 지나 학교로 돌아가면 친구들에게 오빠랑 보냈던 꿈같은 시간들을 자랑해댔다. 중학생 때까지는 형제 얘기가 나오면 외동이라 말하고 입을 꾹 다물었던 내가 말이다. 오빠한테는 학교에서 있었던 일이나 어렸을 때 추억에 대해 먼저 얘기를 꺼냈다.

"오빠, 단비 기억나?"

단비는 내가 다섯 살 때 하도 강아지를 키우고 싶다고 졸라서 엄마가 어디선가 데려와 잠깐 키웠던 강아지다. 하얀 몰티즈였는데, 늘 식탁 밑에서 식구들을 향해 으르렁대서 나는 손도 못 댔다. 그래도 처음 키운 동물이어서인지 두고두고 기억에 남았다.

"왜 안 나겠어. 그 녀석 얼마나 사나웠는데. 엄마는 단비 얘기 꺼낼 때마다 내가 그렇게 만든 거라 그러고."

"음… 그런 거 아니었어?"

단비가 으르렁대기 전후에는 항상 오빠가 신문지나 막대기 같은 걸로 식탁 밑에 숨은 단비를 쑤시고 때렸기 때문에 나도 그렇게 알고 있었다.

"물론 내가 많이 때리긴 했는데, 그건 버릇 고치려고 그런 거지. 걔 우리 집 왔을 때 이미 한 살 넘어 있었어. 그 정도면 다 큰 건데, 그 말은 걔가 원래 성질이 더러웠단 거지."

"그랬구나. 그래도 엄마 맘대로 갑자기 참기름집 아줌마한테 데려다준 건 너무했어, 그치?"

"참기름집 아줌마? 아, 너 그렇게 알고 있어?"

"아냐?"

"너 그때 어려서 엄마가 그렇게 말했나 보다. 단비, 엄마가 펫숍에 데려다줬어. 알아서 해달라고."

나는 큰 충격을 받았다. 단비가 새끼 낳고 잘 살고 있다는 엄마의 말을 철석같이 믿었는데, 십 년이 지나서야 진실을 알게 되다니. 나는 혹시나 하는 마음에 물었다.

"그럼 혹시 토토도 할머니 댁에 데려다줬다는 거, 엄마 거짓말이야?"

토토는 내가 여덟 살 때 키웠던 미니 토끼인데, 강아지만큼 커버려서 엄마가 어느 날 할머니 댁에 데려다줬다가 사라져버렸다.

"아니. 할머니 댁에 데려다준 건 맞는데, 거기서 토끼탕을 해 먹었는지 진짜 고양이한테 잡아먹혔는지는 나도 모르지. 근데 토토 크기를 생각해봐라, 고양이한테 잡아먹혔겠냐? 맞짱 떴음 몰라도."

나는 토토마저 어른들에게 희생된 거라면 엄마를 용서할 수 없을 것 같았다. 안 그래도 늘 한 생명을 끝까지 책임지지 못하는 것에 마음 아팠는데. 그래서 토토 이후로는 동물을 키우고 싶어도 꾹꾹 참았다.

그때 오빠가 말했다.

"난 어려서부터 동물 끝까지 못 키우는 게 너무 싫었어. 친구들은 십 년 넘게 키운 개도 있는데, 우린 그런 추억이 없잖아. 그래서 내 드림하우스에 개는 꼭 넣으려고. 나중에 결혼하고 자식 낳고 나면 개는 꼭 키울 거다 진짜. 우리 회사 아저씨들 얘기 들어보면 집에 들어오면 반겨주는 건 개밖에 없대."

마지막 말은 우스갯소리로 한 거겠지만, 나는 웃지 못했다. 오빠가 나랑 생각이 비슷하다는 것에 놀라서였다. 나도 나중에 결혼은 몰라도 레트리버처럼 커다란 개는 꼭 마당에 풀어놓고 살 건데. 새끼 때부터 키워서 어미가 된 새끼가 새끼를 낳고, 또 그 새끼가 새끼를 낳을 때까지 오래오래 함께 살 건데. 그 순간 오빠랑 내가 남매라는 게 조금은 실감이 났다. 그건 오빠랑 내가 빨래 개는 법이라든가 방 정리하는 게 똑같다고 느꼈을 때 든 감정과는 전혀 다른 거였다.

그리고 며칠 뒤, 나는 오빠에게 넌지시 고민을 털어놓았다. 오빠가 중학생 때, 나처럼 엄마 욕심에 못 이겨 원치 않는 학교를 다녀본 경험이 있으니까 날 이해해줄 것 같았다.

"오빠, 있잖아… 4차원이 욕이야?"

"뭐, 욕은 아닌데 그닥 좋은 말은 아니지. 왜?"

"학교에서 애들이 나보고 4차원이래."

"네가 어떻게 했길래?"

"난 그냥 자꾸 웃긴 생각이 나서 웃는 건데, 그럴 때마다 되게 기분 나쁘게 쳐다봐. 나 중학교 때는 수업 시간에 웃으면 쌤이 무슨 생각 했냐고, 같이 좀 웃자면서 물어봤거든. 근데 여기는 묻지도 않아. 그리고 내가 입만 열면 조용해져."

"음, 그건 그냥 개그 코드가 안 맞는 거 아냐?"

"전교생이랑?"

"전교생이랑 다 얘기해봤어?"

"음, 아니. 생각해보니까 우리 반만 그러네."

"그래. 다른 반에는 너랑 맞는 애가 있겠지."

오빠 덕분에 내가 앞으로 학교에서 버텨야 할 시간이 삼 년에서 일 년으로 확 줄어들었다. 제법 큰 위안이 되었다.

"아! 또 눈치 보여서 질문도 못하겠어. 저번 수학 시간에 내가 손들고 '질문 있는데요'라는 말밖에 안 했는데 애들이 갑자기 짜증을 확 내는 거야. 선생님도 나중에 교무실로 따로 찾아오라 그러고. 나 그때 진짜 쪽팔렸다?"

"네가 질문이 많긴 많아. 그건 좀 고쳐라. 나중에 회사 가면 질문이 어딨어, 그냥 해야 돼. 일단 할 수 있는 데까지 하고, 정답이 아니면 까이고, 정답이 될 때까지 까이고. 그러면서 배우는 거지."

"근데 그 계속 까이면서 배우는 과정이 너무 비효율적인 거 아냐? 그냥 처음부터 모르는 거 확실히 알고 넘어가면 안 돼? 그럼 시간도 절약되고 얼마나 좋아?"

"네 시간은 절약되지만 그만큼 남 시간 뺏는 거잖아. 남이 이미 알고 있는 걸 너한테 알려주는 시간. 그 시간이면 그 사람은 또 새로운 걸 배웠을 텐데."

거기서 나는 할 말을 잃었다. 미처 생각하지 못한 부분이었다. 그런 점에서 오빠는 꽤 괜찮은 카운슬러였다.

하지만 내가 원한 상담은 그런 게 아니었다. 해결책이 아니라 상대방이 나를 완전히 이해해준다는 느낌을 받고 싶었다. 나는 오빠에게도 수많은 고민거리 중 적합한 몇 개를 골라 말해야겠다고 생각했다.

그러나 10월이 되자 오빠를 보는 것조차 힘들어졌다. 오빠는 주말도 없이 일하는 것 같았다. 나는 오빠 집에 도착하자마자 오빠가 미뤄놓은 설거지와 빨래, 청소를 하곤 했다. 밥은 고추장이나 간장에 비벼 대충 때웠다.

오빠가 집에 있어도 배달 음식을 시켜 먹는 것 외에 달라지는 건 없었다. 오빠는 거의 잠만 잤다. 가끔 잠꼬대로 욕을 하기도 했다. 한번은 밤중에 목이 말라 냉장고 문을 열다가 오빠가 소리를 빽 지르는 바람에 수돗물로 목을 축인 적이 있었다. 나중에 그 얘기를 했더니 오빠는 전혀 기억을 못했다. 요즘 매일 야근에다가 지랄맞은 상사 때문에 많이 예민해져 있다고, 네가 이해하라고 했다. 하지만 오빠가 치밀어오르는 화를 주체 못할 때마다 나는 가슴이 벌렁거리고 숨이 잘 쉬어지지 않았다. 오빠의 화가 공기 중으로 뻗쳐나가 산소를 몽땅 태워 없애는 것 같았다. 더는 주말이 기다려지지 않았다.

금요일 밤의 설렘을 되찾아준 건 하루였다.

겨울방학이 끝나고, 끝이 아쉽지도 새로운 시작이 설레지도 않은, 뭐 그런 날이었다. 오빠 집에 갔더니 오랜만에 얼굴을 보는 오빠가 뜬금없이 강아지를 데리러 가자고 했다. 늘 강아지를 키우고 싶었지만, 그 순간 기쁘기보다 걱정이 앞섰다.

'전에 티브이에서 보니까 강아지들이 주인이랑 떨어지면 엄청 불안해하고, 주인이 돌아올 때까지 차가운 현관 바닥에 엎드려서 기다리던데, 오빠가 그런 강아지의 마음을 헤아리고 잘 키울 준비가 됐을까? 집에 잘 있지도 않은 오빠가?'

견주와 약속을 잡아놓고도 출발 직전까지 분양 사이트에서 쇼핑하듯 다른 강아지들을 탐색하는 오빠의 모습에 나는 더욱 불안해졌다. 차창 너머로 지나가는 불빛들이 오늘따라 유난히 떨려 보였다.

그러나 강아지를 보자 모든 걱정이 눈 녹듯이 사라졌다. 코커 특유의 사랑스러운 외모와 캐러멜 마끼야또를 연상시키는 털 빛깔에 나는 한눈에 반해버렸다. 오빠도 마찬가지인 듯했다. 사 개월밖에 안 된 아기가 어찌나 힘이 넘치는지 얼굴을 핥는 힘에 밀려 엉덩방아를 찧을 뻔했다. 곧 주인 품을 떠나는 걸 아는지 모르는지 강아지는 한없이 밝고 순하고 활기찼다.

오빠가 책임비를 건네고 트렁크에 강아지 용품들을 싣는 동안 차에는 강아지와 나, 둘만 남겨졌다. 나는 강아지와 제대로 인사할 겸 얼굴을 가까이 마주했다. 그런데 강아지의 까만 눈을 보고 있으니 어릴 적 키웠던 토토가 생각났다.

내 여덟 번째 크리스마스 날이었다. 가족끼리 외식하러 가는 길에 보도 한켠에서 장사꾼이 커다란 토끼장에다 토끼들을 한데 가둬놓고 팔고 있었다. 학교 앞 병아리든 펫숍 앞이든 그냥 지나치지 못하는 나는 엄마 손을 놓고 그 앞에서 한참을 구경했다. 갈색 토끼, 까만 토끼, 점박이 토끼 등 흰 토끼 말고도 색깔이 아주 다양했다. 신기한 건, 나는 토끼 눈은 빨갛다고 알고 있었는데 이녀석들은 모두 눈이 까맣다는 것이었다. 장사꾼에게 물어보니 집에서 키우는 애완용 토끼라서 그렇다고 했다.

몸을 한껏 말고 옹기종기 붙어 있는 아기 토끼들을 사랑스럽게 보던 그때, 새하얀 털에 까만 귀와 까만 눈, 눈 주변까지 까맣게 물든 토끼가 유독 눈에 들어왔다. 그 자리에서 녀석을 데려가지 않으면 평생 후회할 것 같았다. 나는 토끼를 사달라고 엄마를 졸랐다. 하지만 엄마는 끄떡도 안 했다. 토끼를 사주지 않으면 엄마를 따라가지 않겠다고 떼를 썼다. 엄마는 무지막지한 힘으로 나를 끌고 음식점으로 갔다. 나는 울면서 제발 토끼를 사달라고, 토끼를 사주면 내가 엄마 아빠 말도 더 잘 듣고, 엄마 아빠 안 귀찮게 토끼 똥오줌도 내가 다 치울 거고, 토끼 사료도 내가 그동안 용돈 모은 걸로 사줄 거라고 약속했다. 하지만 엄마는 끄떡도 안 했다.

음식이 나왔다. 나는 먹지 않았다. 맛있는 냄새가 코를 찔렀지만, 배도 고팠지만 아까 본 토끼가 더 중요했다. 이 음식을 입에 넣는 순간 엄마한테 굴복하는 거라는 생각이 들었다. 결국 한 시간여를 엄마 앞에서 울고불고 떼를 쓴 끝에 아빠가 밥 먹다 말고 나를 토끼를 팔던 곳으로 데려갔다. 그리고 토토를 사주었다. 크리스마스에 어울리는 빨갛고 하얀 줄무늬 상자 속에 토토가 담겨 내 품에 오자 그제야 나는 함박 웃을 수 있었다. 내 생애 최고의 크리스마스 선물이었다.

미니 토끼라서 별로 안 클 거라던 장사꾼 말과 달리, 토토는 건초 사료와 배추 이파리, 당근 같은 간식을 먹고 무럭무럭 자랐다. 웅크리고 있을 땐 몰랐는데, 똥오줌 싼 신문지를 갈아준다고 우리에서 토토의 양쪽 어깻죽지를 잡고 들어 올렸더니 어느새 강아지만 해져 있었다. 그래도 내 눈에는 토토가 최고로 사랑스러웠다. 토토의 벌름거리는 코도, 커다란 두 앞니도, 배추 이파리를 씹을 때마다 오물거리는 갈라진 입술도 아직 한참 아기 같았다. 특히 두 앞발로 세수하는 것처럼 얼굴을 긁는 모습이 못 견디게 귀여웠다. 뿐만 아니라 토토는 하는 행동도 예뻤다. 풀밭에 풀어놓아도 내가 부르면 나한테 달려와서 한 번도 놓친 적이 없었다. 강아지처럼 주인을 알아보는 것 같았다.

그런데 엄마는 토토가 너무 크고 오줌 냄새도 지독하다며 어느 날 갑자기 할머니 댁에 데려다줘버렸다. 당장 데려오고 싶었지만 나는 아빠 차를 타고 가는 것 말곤 할머니 댁에 어떻게 가는지 몰랐다. 할머니 댁에 가자고 졸라도 엄마는 '토토 잘 있다니까 다음에', '아빠 바쁘니까 다음에', '다음 제사 때', '다음 명절 때'라는 핑계로 자꾸만 할머니 댁에 가는 걸 늦추었다.

나중에 할머니 댁에서 토토를 찾았을 땐 텅 빈 우리만 덩그러니 남아 있었다.

"할머니… 우리 토토 어디 갔어?"

할머니는 고양이가 물어갔다고 했다. 나는 금방이라도 눈물이 터져나올 것 같았지만 꾹 참았다. 그리고 조용히 빈방으로 들어갔다.

문을 잠그고 혼자가 된 순간, 나는 스스로를 마구 때리며 소리 죽여 울었다. 다 내 잘못이었다. 토토를 보러 좀만 더 일찍 왔다면, 엄마가 막무가내로 토토를 빼앗으려 했을 때 토토를 처음 내 품에 데려오던 때처럼 엄마의 뜻을 꺾었다면 이런 일은 없었을 텐데. 소중한 걸 지켜내지 못한 내가 너무 한심했다.

토토와 꼭 닮은 강아지의 눈을 바라보며 나는 굳게 다짐했다.

'내 품에 온 이상 절대 널 버리지 않을게. 너만큼은 꼭 지킬게.'

오빠가 차에 탄 뒤에도 나는 강아지를 쓰다듬으며 마음속으로 계속 말했다. 그렇게 하면 강아지에게 그 말이 전해진다는 듯이.

집으로 돌아가는 차 안에는 따듯한 기운이 흘러넘쳤다. 오빠와 나는 강아지 이름을 뭐로 할 건지 이야기했다.

"하루 어때?"

뽀미, 또또 등 몇 개의 후보가 거절당하고 고심 끝에 꺼낸 이름이었다.

"하루?"라고 되묻는 오빠에게 나는 차마 아까 오빠한테 겁 없이 달려들어 애교 부리는 모습을 보니까 '하룻강아지 범 무서운 줄 모른다'는 속담이 떠올라서,라고 말할 수 없었다. 대충 둘러댈 말을 생각하느라 머리를 굴리다가 갑자기 근사한 변명이 하나 떠올랐다.

"지금이 봄이잖아. 봄이 일본어로 하루래. 처음 데려온 날 잊지 말자고. 하루, 예쁘지?"

이번에는 오빠도 마음에 든 것 같았다. 그래서 강아지 이름은 하루가 되었다. 내가 이름을 지어준 만큼, 앞으로 하루라고 부를 때마다 가슴이 묵직해질 것 같았다.

우리가 이름을 정하는 동안 하루는 내 무릎 위에 얌전히 누워서 운전하는 오빠를 바라보고 있었다. 그 모습이 예뻤던지 오빠는 '하루야' 하고 부르면서 한 손을 뻗어 하루의 목덜미를 부드럽게 어루만졌다. 하루는 울지도 짖지도 않고 가만히 있었다. 오빠는 코커가 어쩜 이렇게 순하냐고 했다. 하지만 나는 아까와 달리 활기를 잃은 모습이 걱정되었다. 강아지는 본능적으로 이별을 직감한다던데, 하루도 그래서 지금 슬픈 걸까. 나는 정성스레 쓰다듬으며 하루를 위로했다. 점점 하루 얼굴이 축축해지는 게 느껴졌다. 강아지도 눈물로 얼굴이 젖을 수 있구나, 하는 생각이 들었다.

그런데 입가가 축축한 게 조금 이상했다. 자세히 보니 침을 많이 흘리고 있었다. 게거품도 부질부질 끓어 나왔다. 강아지가 이상하다고 오빠에게 말하려는 순간, 하루가 먹은 걸 게워냈다. 알고 보니 차가 익숙지 않아서 멀미를 하는 거였다. 그런데 하필 바지에 토해서 중간에 휴게소에 들러야 했다. 대충 처리를 했지만 바지가 이미 많이 젖어 있었다. 결국 나는 바지를 벗고 팬티 바람으로 집까지 가야 했다. 하지만 괜찮았다. 이렇게 사랑스러운 강아지라면 그게 토사물이건 오줌이건 똥이건 다 받아줄 수 있었다.

나도 멀미가 심해서 어렸을 때 아빠 차에 자주 토했던지라 그 순간 하루에게 동질감 같은 것도 생겼다. 그때는 아빠가 내 토사물을 묵묵히 치워줬는데, 이제는 내가 아빠가 된 것 같았다. 오빠도 어렸을 때가 떠올랐는지 우리는 집에 가는 내내 서로의 구토 경험담을 늘어놓으며 키득거렸다. 하지만 나는 하루가 걱정돼서 마음 편히 웃을 수 없었다. 손끝에 닿는 맨송맨송한 감촉에 걱정은 더욱 커져갔다. 얼른 집에 도착해서 아기가 편히 쉬었으면 좋겠다고 생각했다.

다음 날 아침 눈을 떠보니 갈색 털 뭉치가 눈앞에 보였다. 몸이 오르락내리락하며 숨을 쉬고 심장이 콩닥콩닥 뛰는, 인형이 아닌 진짜 생명체. 그 존재만으로 딱딱했던 일상이 말랑말랑해지는 것 같았다. 아침에 일어나서 설레는 기분은 처음이었다.

도넛처럼 동그랗게 몸을 말고 잠든 하루의 모습이 너무 귀여워서, 또 어제까지 없던 존재가 내 옆에 있다는 게 신기해서 나는 하루를 뚫어져라 바라봤다. 잠깐 눈을 감았다 뜨는 시간도 아까웠다. 콧등과 발등에 찍힌, 우유 거품 같은 하얀 얼룩을 보고 있으니 괜스레 건드려보고 싶어졌다.

나는 하루의 콧등을 살며시 쓰다듬어보았다. 단단한데 말랑말랑했다. 꼭 아기 머리에 있는 숨구멍 같았다. 네 발등도 하나하나 쓰다듬었다. 하루 발을 움켜쥔 손에 느껴지는 폭신폭신한 발바닥의 촉감이 너무도 사랑스러웠다.

그런데 갑자기 하루가 이상해졌다. 감은 눈 사이로 흰자위가 보이고, 입은 씰룩대고, 온몸을 벌벌 떨었다. 꼭 드라마에서 보던 간질 환자의 발작 같았다.

'이러다 죽으면 어떡하지? 아니야, 죽지는 않던데. 그때 어떻게 했더라?'

허둥대던 나는 의사가 환자를 마사지해주던 장면을 기억해내고 벌벌 떨리는 손으로 하루의 몸 구석구석을 주물렀다. 곧 발작이 멈추었다. 그리고 하루가 눈을 떴다. 까맣게 빛나는 눈이 '안녕?' 하고 내게 인사하는 것 같았다. 온몸이 간질간질해지는 기분이었다.

나중에야 그게 잠꼬대라는 걸 알았다. 개도 사람처럼 잠꼬대를 할 뿐만 아니라 코도 골고 트림도 하고 방귀도 뀐다는 사실을 하루를 통해 알게 되었다.

하루는 무럭무럭 자랐다. 주말에 볼 때마다 다른 강아지가 반기는 것 같았다. 처음에는 내 발목에 닿던 두 앞발이 점점 정강이에서 무릎으로 올라왔다. 처음 왔을 때 침대 위에만 얌전히 누워 있던 모습은 어디 가고, 코커 본래의 호기심 많고 활기찬 성격이 나타나 온 집 안을 휘젓고 다녔다. 하루한테는 세상 모든 게 신기하고 탐구 대상인 것 같았다. 입에 닿는 건 뭐든 깨물고 보는 하루 때문에 남아나는 물건이 없었다.

그래도 나는 하루의 그런 점이 좋았다. 궁금한 게 많은 내 어릴 적 모습을 보는 것 같았다. 하루랑 내가 닮은 점을 발견할 때마다 나는 하루가 내 새끼라는 생각이 강해졌다. 하루를 '아이고, 내 새끼.' 하고 부를 때마다 가슴이 뭉클해졌다.

나는 하루만큼은 안 되는 게 많았던 나와 다르게 키우고 싶었다. 그래서 하루에게 해 되는 게 아니라면 하루가 좋아하는 건 뭐든지 실컷 가지고 놀게 해주고 싶었다. 하지만 마음처럼 쉽게 되지 않았다. 전선, 벌레, 쓰레기통. 하루가 좋아하는 것들은 하나같이 하루한테 위험한 것들이었다. 어느새 내 입에는 '안 돼'라는 말이 입버릇처럼 붙었다. 습, 하면서 혼내는 소리를 낼 때마다 하루는 내 눈치를 봤다. 내가 하고 싶은 건 다 못하게 막는 엄마가 참 미웠는데, 내가 엄마가 되어 하루를 혼낼수록 그동안 엄마를 미워했던 게 살짝 미안해졌다.

하루를 키우면서 나는 아기 엄마도 아닌데 육아 스트레스가 뭔지 알 것 같았다. 배변 패드랑 침대 이불의 촉감이 헷갈리는지 하루는 자꾸 이불에다 오줌을 쌌다. 인터넷에서 본 대로 배변 훈련을 시켜도 소용없었다. 매일, 어떤 때는 하루에 두 번, 세 번 이불 빨래를 해야 했다. 하지만 지쳐 앉아 있는 내 손끝에 따뜻하고 부드러운 하루가 느껴지면 나도 모르게 마음이 스르르 녹았다. 목덜미를 긁어주면 금세 발라당 뒤집어서 배를 내밀고, 배를 긁어주고 있으면 손가락을 깨물면서 장난치려 하는 하루를 보고 있으면 매일 이불 빨래를 하는 것도, 남아나는 화장품과 장신구가 없는 것도 괜찮아졌다. 까짓것, 이불 덮을 거 없으면 하루 꼭 껴안고 자면 되지! 망가진 건 새로 사면 되고!

하루와 보내는 시간이 늘어날수록 일요일 밤만 되면 오빠 집을 나서는 발길이 떨어지지 않았다. 노는 토요일이 끼어 있는 주는 화요일부터 설레다가(월요일까지는 하루가 그리웠다) 금요일 야자를 빼고 오빠 집으로 달려갔다. 문을 열면 하루만 있을 때도 있고, 하루와 오빠 둘 다 있을 때도 있었다. 나는 하루와 둘이 보내는 시간도 좋았지만, 역시 오빠도 함께 있을 때가 더 좋았다. 하루랑 있으면 내 목소리만 빈 벽을 때리는 것 같았는데, 오빠랑 있으면 우리 둘의 목소리, 나누는 이야기로 집이 꽉 차는 것 같았다.

오빠와 나의 대화 주제는 단연코 하루였다. 호기심 많은 하루가 한 주 동안 어떤 사고를 쳤는지, 어떤 귀여운 짓을 했는지, 훈련할 때는 얼마나 영리한지 오빠한테 듣고 있으면 그 순간을 함께하지 못한 게 너무나 아쉬웠다. 나도 기숙사를 나와 매일 오빠랑 하루랑 함께 살고 싶었다. 오빠가 요즘 내가 애 키우는 재미로 산다고 했을 때는 격하게 맞장구를 쳤다. 서로 통했다는 생각에 무척 기뻤다.

칭찬으로 하루를 훈련시키고 있다는 오빠는 습관이 됐는지 나에게도 자주 칭찬을 했다. 대단한 건 아니었다. 이를테면 오빠가 출장이나 여행을 갔을 때 오빠 대신 하루를 돌봐준 것, 오빠 대신 집안일을 해준 것 같은 아주 사소한 것이었다. 나조차 당연하게 여기고 있던 걸 오빠에게 칭찬받으니 기분이 새로웠다. 하루도 오빠의 칭찬 덕분인지 더는 이불에 오줌을 싸지 않았다.

하루가 오고 시간이 어떻게 흐르는지 몰랐는데 1학기 기말고사가 코앞이었다. 시험 기간은 언제나 끔찍했지만 그 시험 기간은 유난히 더 끔찍하게 느껴졌다. 주말에도 기숙사에서 자습을 해야 해서 하루를 이 주씩이나 볼 수 없기 때문이었다. 강아지는 사 개월에서 팔 개월 동안 사람 나이로 이 주에 한 살씩 먹는다는데, 그럼 나는 하루의 일 년을 놓치는 셈이었다.

나는 매일 밤 오빠에게 하루 안부를 물었다. 오빠는 아까까지만 해도 장난치고 잘 놀던 녀석이 지금은 제가 난리쳐놓은 데서 자고 있다며 하루가 보낸 하루를 충실히 전해주었다. 가끔은 하루가 장난치는 모습이 담긴 사진이나 동영상을 찍어 보내주었다.

그중 가장 최고는 침대 위에서 간식을 입에 물었다 던졌다 하며 놀고 있던 하루가 간식을 침대 밖으로 떨어뜨렸는데, 고개를 갸웃하다가 닿지도 않는 앞발을 뻗어대는 영상이었다. 앞에 있으면 코를 앙, 깨물어주었을 그 모습에 나는 시험에서 백 점을 맞은 것보다 더욱 힘이 났다. 그리고 놓칠 수 없는 그 순간에도 내 생각을 해준 오빠가 고마웠다. 나는 말로는 절대 못할 애교 섞인 말투로 메시지를 보내서 오빠에게 고마운 마음을 표현했다.

하루가 오고부터 내 공상은 컬트영화에서 만화영화로 장르가 바뀌었다. 그리고 오빠에게도 큰 변화가 일어났다. 먼저, 집주인 몰래 강아지를 키우던 게 들켜서 이사를 가든지 하루를 딴 곳으로 보내든지 해야 했다. 하루가 그럴 리 없는데, 오빠가 회사에 간 동안 시끄럽게 짖었다는 것이다. 오빠는 하루를 버리느니 고급 빌라에서 다가구주택 반지하로의 이사를 택했다. 더 좋은 곳으로 가고 싶었지만, 같은 가격대에 강아지를 키울 수 있는 집은 그 집밖에 없었다고 했다.

새집은 그전 집보다 우리 학교에서 더 멀었다. 그리고 한낮에도 해가 들지 않고 어두워서 자꾸만 어렸을 때 오빠와 보냈던 시간을 떠올리게 했다. 나는 하루만 아니면 그 집에 별로 가고 싶지 않았다.

하루에게는 집이 넓어져서, 또 하루 방이 생겨서 좋을 줄 알았는데 아닌 듯했다. 전에 살던 집에서는 하루와 같이 자던 오빠가 새집에 비싼 침대를 들여놓고부터는 하루와 따로 잤다. 하루를 아예 침대에 올라오지도 못하게 했다. 졸지에 방석에서 홀로 자게 된 하루가 왠지 편히 잠들지 못했을 거라는 생각이 들었다. 방안을 서성거리다 닫힌 방문을 긁는 모습이 직접 보지 않았어도 눈에 훤했다. 나도 그랬으니까.

일곱 살 때, 어두컴컴한 집을 벗어나 더 넓은 집으로 이사 가면서 드디어 내 방이 생겨서 나는 엄청 좋아했다. 내 책상과 내 책장, 내 침대. 이제 더는 오빠와 나눠 쓰지 않아도 되었다. 하지만 밤이 되자 온갖 무서운 생각들이 머릿속을 동동 떠다녔다. 공포영화를 보면 꼭 혼자 있을 때 무슨 일이 터지곤 했다. 나도 곧 그렇게 될 것 같았다. 그래서일까. 딱딱한 거실 바닥을 벗어나 푹신푹신한 침대에 누워 있는데도 잠이 잘 오지 않았다. 거실 바닥에 요를 깔고 오빠랑 머리를 맞대고 잤을 때는 베개에 머리만 닿았다 하면 금방 곯아떨어졌는데 이상했다. 고등학교 기숙사에 들어와 룸메이트와 방을 같이 쓰면서부터는 밤에 다시 잠이 잘 왔지만, 그전까지 나는 매일 밤 잠을 설쳤다.

두 번째 변화는 오빠에게 여자가 생긴 것이었다. 오빠는 집을 자주 비웠고, 홀로 남은 하루의 난동은 갈수록 심해졌다. 전선이며 벽지, 장판 등 입에 닿는 건 뭐든 물어뜯기 일쑤였고, 일부러 똥오줌을 아무 데나 싸고 배변 패드를 갈기갈기 찢어놓았다. 그러고선 내가 그것들을 치우느라 한눈판 사이 침대에 올라가 보란 듯이 오줌을 싸질렀다. 어떻게 해야 혼자 잘 있을 수 있는지 아무도 가르쳐주지 않았으니까, 나는 차마 혼낼 수 없었다.

엄마도 그랬다. 어두컴컴한 집에 어린 나를 홀로 두고 나가면서 "잘 놀고 있어." 그 말이 다였다. 오빠한테 맞는 거 말고는 뭘 해야 잘 노는 건지 몰랐던 내게 엄마는 아무것도 가르쳐주지 않았다. 수학 문제도 예제는 선생님이랑 같이 풀고 응용 문제를 혼자 풀어보는데, 엄마는 예제부터 나 혼자 풀라는 격이었다.

나는 일단 집에서 가장 밝은 베란다로 갔다. 잡동사니들로 가득 찬 베란다는 어른 한 사람이 겨우 지나갈 정도로 좁았다. 바닥도 늘 차가웠다. 하지만 그 잡동사니가 나에게는 최고의 놀이터이자 장난감이었다. 나는 집이자 음식점이자 학교인 그곳에서 아빠도 됐다가 엄마도 됐다가 오빠도 되어보았다. 그러다 보면 시간이 훌쩍 지나고 엄마가 돌아왔다.

나는 엄마한테 인사를 하고는 곧바로 화장실에 들어가 한참을 나오지 않았다. 밖에서 나를 기다리던 엄마는 짜증 난 목소리로 말했다.

"안 나오고 뭐 해? 넌 꼭 엄마가 씻을라 하면 화장실에 들어가 있더라. 하루 종일 집에 있으면서 뭐 했어?"

혼자 있으면 쉬하러 화장실 가는 것도 무섭다는 걸 엄마가 알았을까. 꽁꽁 언 손과 발이 안 녹아서 한참을 따뜻한 물에 녹이고 있었다는 걸 엄마는 알았을까.

어쩌면 하루가 터득한 혼자 노는 방법은 물고 뜯고 찢는 거였을지 모른다. 오빠는 인형으로 힘겨루기하며 놀아주는 것 말곤 엄마처럼 "갔다 올게."라며 휭하니 나가버리는 게 다니까. 그러니까 나만큼은 하루의 방법이 마음에 들지 않더라도 이해해줘야 한다고 생각했다. 그런데, 이게 다 누구 때문인데 치우는 건 돕지도 않으면서 오빠는 "네가 안 혼내니까 하루가 널 만만하게 보고 더 버릇없이 구는 거야."라고 말해 내 화를 돋우었다.

하루가 나보다 오빠를 더 잘 따르는 건 맞다. 하지만 그건 오빠가 하루와 더 많은 시간을 보냈고, 하루 앞에서나 누구 앞에서든 날 무시해서 만만하게 생각하도록 만들었고, 무엇보다 오빠의 그 지랄맞은 성격 때문에 착한 하루가 억눌려 있는 거라고! 나는 소리치고 싶었다.

하지만 그럴 수 없었다. 몸만 컸지, 나는 아직도 오빠의 눈빛 하나에 움찔거렸다. 대신 하루에게 그 화를 풀었다. 처음부터 그러려던 건 아니었다. 그저 아주 사소한 장난이 어느 순간 걷잡을 수 없이 커져버렸다.

하루는 내가 본 강아지 중에 최고로 예뻤다. 그저 보고 있는 것만으로도 귀엽고 사랑스러워서 견딜 수가 없었다. 그 마음만큼 부드럽게 하루를 쓰다듬어줬으면 됐는데, 나는 괜히 가만있는 하루를 건드려보고 싶은 충동이 일었다. 처음에는 귀가 뒤로 젖혀져서 보이는 커다란 귓구멍에 바람을 불고 싶어서 입이 근질거렸다. 결국 나는 후, 하고 하루 귀에 바람을 불었다. 그런데 하루는 귀를 한번 털어낼 뿐 날 향해 짖지도, 물지도 않았다. 그러니까 괜히 더 하고 싶어졌다. 단춧구멍처럼 생긴 콧구멍에도 바람을 불어넣어보고 싶고, 앙증맞게 튀어나온 뭉툭한 콧등도 깨물어보고 싶고, 토실토실한 뒷다리를 두드릴 때마다 나는 찰진 소리가 좋아서 자꾸 치게 되었다.

그러다 보니 어느 순간 이제 그만해야지, 하고 참으려 해도 참아지지가 않았다. 하루가 싫어하는 걸 알고, 하루를 괴롭히고 있다는 걸 스스로도 인지하고 있는데 멈출 수가 없었다. 나중에는 이것도 놀이라고 스스로를 합리화했다. 같이 즐기지 못하는 하루가 미워 괜히 툭 하고 머리를 쳤다. 그런데 이게 또 한번 치기 시작하니까 하루가 내 말을 안 들으면 쉽게 화가 났고, 내가 화났다는 걸 보여줘서 바짝 얼어붙은 하루가 다시 내 말을 듣게 만들고 싶어졌다.

결국 난 어렸을 때의 오빠가 되어 어렸을 때의 나에게 버럭 소리를 지르고 손찌검을 하기 시작했다. 눈앞에 하루가 있었으니까, 내 마음대로 할 수 있는 작고 약한 존재가.

하루의 얼굴은 점점 우울해졌다. 나랑 있으면 하루 종일 방석 위에 드러누워 있거나 내가 조금이라도 괴롭히려는 기미가 보이면 나를 피해 부엌 싱크대 밑으로 기어들어가 몸을 숨겼다. 아니면 오빠가 올 때까지 차가운 현관 바닥에 엎드려 '끄응 끄응 끙끙 끄으으응…' 하고 구슬프게 울어댔다. 어릴 적 내가 오빠한테 맞으면서 마음속으로 엄마를 불렀던 것처럼.

처음에 활발했던 하루의 모습은 어디 간 걸까…. 찬찬히 되짚어보니 결국 이게 다 내 탓이라는 생각에 나는 참을 수 없이 괴로워졌다. 어떻게 내가 나한테 그럴 수 있을까. 하지만 뒤늦게 하루를 안아준다고 해서 이미 하루에게 준 상처가 흉터 없이 사라지는 건 아니었다. 오빠가 내게 준 상처가 내 심장에 파편으로 박혀 남아 있는 것처럼.

한편으론 이런 생각이 들었다. 어쩌면 오빠도 그때 멈출 수가 없었던 게 아닐까. 열 살 어린 동생이 너무나 귀여웠는데 그 마음이 그만 심술궂게 표현되어버렸고, 내가 당하고도 사납게 반응하지 않자 장난이 걷잡을 수 없이 커져버린 것이다. 그러니까 내가 그토록 궁금했던, 오빠가 나를 때린 이유는 어쩌면 '눈앞에 있어서'였을지도 모른다. 내가 뭘 잘못한 게 아니라 존재 자체가 만만

해서. 지금 내가 다니는 학교와 비슷한 분위기의 중학교를 다니면서 사람, 세상이 싫었을 거고, 들끓는 분노를 어딘가에 표출하지 않으면 미쳐버릴 것 같을 때 재수 없게도 내가 눈에 띈 거다. 작고, 약하고, 만만하고, 이미 오빠보다 아래라서 오빠 맘대로 할 수 있는 내가. 그리고 오빠가 쥐여줬던 오백 원은 다음에 또 때리겠다는 예약이 아니라 서툰 사과였을지도 모른다는 생각이 들었다. 내가 말없이 하루를 안아주면서 미안한 마음을 표현하려 했던 것처럼. 그러자 어릴 적의 오빠를 용서까진 아니더라도 연민할 수는 있을 것 같았다.

세 번째 변화는 오빠에게 여자가 생긴 당연한 결과인지(게다가 그 여자는 강아지를 아주 싫어했다), 하루의 다리가 부러져서인지 모르겠다. 사람을 너무 좋아하는 탓에 하루는 현관문이 열리기만 하면 밖으로 뛰쳐나가려고 했다. 힘이 워낙 세서 말리기도 힘들었다. 결국 어느 여름날, 하루를 품에 안고 집에 놀러 온 친구들을 배웅하던 오빠가 살갗에 피가 날 정도로 긁어대는 하루를 놓친 순간, 오빠의 어깨 높이에서 떨어진 하루는 왼쪽 앞다리가 부러지고 말았다.

하루는 두 달 넘게 깁스를 해야 했다. 나는 살짝 접질린 것도 아파 죽겠는데 부러진 건 얼마나 아플지, 활동성 넘치는 하루가 회복하는 동안 꼼짝 않고 있어야 하는 게 얼마나 갑갑할지 걱정이 되었다. 오빠는 수술비가 백만 원이 넘게 나와서 화가 났다. 그 돈이면 여자 친구와 해외여행을 갔다 왔겠다고 아까워했다.

그래도 하루가 누워만 있을 때에는 제때 약도 챙겨 먹이고 밥 그릇도 바로 앞에 갖다 주면서 제법 간호하는 것 같던 오빠는 하루가 깁스한 발로 절뚝거리면서 돌아다닐 수 있게 되자 여름휴가로 며칠씩 집을 비웠다.

방치되었기 때문일까, 예정보다 길게 깁스를 한 하루의 발은 바깥쪽으로 살짝 돌아가 있었다. 달리고 점프하는 데에는 문제없었지만, 가끔 하루가 다친 발을 이유 없이 들고 있을 때가 있었다. 그럴 때마다 하루 다리에 박힌 철심이 내 마음을 콕콕 찌르는 것 같았다.

그러거나 말거나 오빠는 오빠의 생활을 계속해나갔다. 가끔 여자 친구를 집에 데려오기도 했다. 첫 만남에서 하루를 유난스레 싫어하는 여자의 모습에 나는 이미 마음이 상해버렸다. 어렸을 때 개한테 물린 적이 있어서 개를 무서워한다고, 오빠가 하루랑 친해지게 하려고 노력해봤는데도 안 되더라고 나중에 말해주었다. 그래도 마음이 풀리지 않았다. 산책 나갈 때마다 마주쳤던, 개를 싫어하는 사람들의 불친절함이 떠올랐다. 괜히 그 화가 여자에게로 쏠렸다. 게다가 나보다 훨씬 언니인데도 쭈뼛거리면서 내게 먼저 다가오지 못하는 태도가 그녀와 나 사이를 더 어색하게 만들었다. 뒤늦게 유명 브랜드의 텀블러나 화장품 같은 걸 선물해서 내 환심을 사려 하는 듯했지만 소용없었다. 관계에 돈이 끼어드는 건 뭐든 다 별로였다. 사실 내가 원했던 건 내 방으로 나눠주는 비싼 피자 조각이 아니라 닫힌 방문을 열고 함께 먹는 거, 함께 얼굴 보며 이야기하는 거, 함께 시간을 보내는 거였는데. 아무리 기다려도 그 여자가 있을 때 오빠 방문은 열릴 생각을 안 했다.

오빠는 이제 여자 친구한테 쓰는 건 안 아까워도 하루한테 돈 쓰는 건 아까워진 듯했다. 유기농이었던 하루 사료를 저렴한 걸로 바꾸고, 한 장에 백 원 하는 배변 패드도 잘 갈아주지 않았다. 사람으로 치면 변기 물 안 내리고 싼 데 또 싸는 거랑 같은데 말이다. 이제 앞발을 들면 내 허벅지까지 닿는 하루가 애완견치고 너무 크다며 밥도 하루 세 번에서 두 번으로 줄였다. 간식도 주지 않았다. 하루는 자꾸 장판이나 휴지 같은 걸 씹어 먹었다. 나는 하루 위가 걱정돼서 병원에 데려가봐야 하는 거 아니냐고 몇 번을 얘기했지만, 오빠는 똥 잘 싸면 건강한 거라면서 다 소화시키니까 걱정 말라고 했다.

그래도 퇴근하고 집에 돌아온 오빠가 하루와 변함없이 잘 놀아주는 건 다행이었다. 보통은 오빠랑 내가 하루한테 치는 장난이나 놀아주는 게 비슷했지만(내가 아까 한 대로 또 하루한테 장난을 거는 오빠를 볼 때면 나는 우리가 어쩔 수 없는 남매라는 걸 느끼곤 했다), 하루가 제일 좋아하는 '인형 가지고 힘겨루기'는 오빠가 더 재미있게 놀아주었다. 나는 항상 하루보다 먼저 팔에 힘이 빠지곤 했다. 반면 오빠는 하루가 지쳐서 더는 인형을 물지 못할 때까지 힘겨루기를 하게 해주었다.

그렇지만 하루가 오빠를 기다린 시간에 비하면 그 시간은 찰나에 불과했다. 오빠가 하루를 위해 북엇국을 끓이고, 퇴근길에 하루 장난감이며 옷이며 온갖 용품들을 한가득 사 안고 돌아오던 게 아득히 먼 옛날처럼 느껴졌다.

결국 오빠가 폭탄선언을 했다. 하나는 곧 결혼한다는 거였고, 또 하나는 하루를 딴 데로 보낸다는 거였다. 그 여자 때문이었다. 그 여자가 개를 싫어해서 하루가 딴 데로 쫓겨나는 거였다. 이게 무슨 후처가 본처 쫓아내는, 말도 안 되는 상황인가 싶었다. 나라도 하루를 지켜야 했다. 약속했으니까. 토토를 걸고.

하지만 정말 분하게도, 현실적으로 내가 할 수 있는 것은 아무것도 없었다. 여전히 난 하루를 먹여 살릴 돈도, 하루와 같이 살 집도 없었다. 열여덟이란 나이가 토토를 빼앗긴 아홉 살 꼬마 앞에 부끄러워졌다. 고작 찾은 방법이 오빠가 하루를 샀던 사이트에 다시 하루를 파는 글을 올리라고 시켰을 때, 강아지를 상품으로 여기는 이상한 곳에 말도 안 되는 금액을 적어넣는 것, 그래서 내 곁에 조금이나마 더 오래 하루를 붙잡아두는 것이었다. 그게 하루를 지켜내기 위해 내가 할 수 있는 전부이자 최후의 발악이었다. 하지만 그 글은 오빠에 의해 금세 수정되었고, 얼마 안 가 하루를 사겠다는 사람이 나타났다.

젠장. 내 뜻대로 되는 게 하나도 없었다. 내가 아무리 그 여자가 싫어도 오빠의 결혼 준비는 착착 진행됐고, 하루가 떠나는 날도 성큼 다가와버렸다.

하루와 보내는 마지막 밤에 나는 기숙사에다 대충 핑계를 둘러대고 야자가 끝난 뒤 오빠 집으로 향했다. 문을 따고 들어가자 역시나 오빠 방과 내 방문이 굳게 닫혀 있었다. 언젠가부터 그랬다. 이젠 익숙해질 법도 한데 괜히 섭섭해졌다. 내가 온 줄 알고 방문을 긁어대는 하루를 위해 얼른 문을 열어주었다. 하루가 튀어나와 정신없이 나를 핥았다. 그런데 평소와 다르게 하루 입에서 피비린내가 났다. 혹시 다쳤나 해서 자세히 보려고 불을 켠 순간, 너저분하게 널린 생리대와 팬티라이너, 물티슈들로 새하얀 방이 눈에 들어왔다. 몇 개는 아예 겉봉이 까져 하얀 속내가 발기발기 찢어져 있었다. 짜증이 버럭, 목구멍까지 치솟았다. 하지만 참았다. 마지막까지 하루에게 못된 언니이고 싶지 않았다.

묵묵히 하루가 어질러놓은 것들을 치우는데 하루가 안 보였다. 평소 같으면 주위를 맴돌며 나를 지켜볼 텐데?

그때 방문 뒤에서 하루 꼬리가 빼꼼 보였다. 나는 살금살금 다가가 방문을 확 열어젖혔다. 하루는 무언가에 코를 박고 킁킁대느라 신경도 안 썼다. 뭔가 싶어 확인하는 순간 나는 소리를 빽 질렀다. 지난주에 오빠 집에 왔을 때 돌돌 말아 쓰레기통에 버렸던 피 묻은 생리대가 헤벌어져 있었다. 나는 피 묻은 팬티를 담가둔 대야를 오빠한테 들킨 기분이었다. 하루를 마구 때리며 문밖으로 내쫓았는데도 기분이 나아지지 않았다.

잠시 후, 문밖에서 오빠 목소리가 들렸다.

"뭐야, 너 언제 왔냐?"

"어? 방금…. 오빠 집에 있었어?"

"응."

혹시나 오빠가 방으로 들어올까 싶어서 얼른 생리대를 치우려고 일어섰을 때였다. 발에 축축한 게 밟혔다. 보니 물티슈였다.

"오빠, 집에 언제 왔어?"

여전히 문밖에서 오빠 목소리가 들렸다.

"나? 한 두 시간 됐나? 야, 나 나갔다 올 테니까 하루 좀 잡아줘."

방문을 열고 나가니 오빠 뒤에서 벌써 현관 문고리를 잡고 있는 오빠 여자 친구가 보였다. 나는 인사도 안 하고, 쌩하니 하루를 데리고 다시 내 방으로 들어왔다.

그러니까 오빠는 집에 있으면서도 여자 친구랑 시시덕거리느라 하루를 들여다보지 않은 것이다. 하루 종일 방문이 열리기만 기다리며 방석 위에 엎어져 있던 하루는 오빠가 온 걸 알아채고 방문을 열심히 긁었겠지. 그런데 아무리 긁어도 문은 안 열리고 옆방에서 말소리가 도란도란 들려오니까 화가 나서 그만….

나는 미안한 마음에 하루를 꼭 끌어안았다. 하지만 현관문이 열리는 소리가 들리자 하루는 내 품에서 뛰쳐나가 끙끙대며 방문을 긁었다. 한참을 긁어도 문이 안 열리자 하루는 긁는 걸 멈추고 아까보다 더 심하게 끙끙댔다. 그러더니 늑대처럼 길게 울부짖었다.

나는 화가 나 소리쳤다.

“이 바보야! 오빠가 너 버렸어! 근데 왜 자꾸 기다려!”

그래도 하루는 아랑곳하지 않고 계속 등을 돌린 채 방문만 바라보았다.

사실 나도 알고 있었다. 그 말은 나를 향한 말이었다는 것을. 버려지는 건 하루뿐만 아니라 나도 있다는 것을. 오빠가 결혼한다는 건 빌려 입던 오빠의 옷, 빌려 쓰던 오빠의 컴퓨터, 빌려 살던 오빠의 집, 그리고 주말마다 만끽했던 자유들을 모두 내려놔야 한다는 뜻이었다. ‘오빠, 하루, 나’는 하나로 묶일 수 있지만, ‘오빠, 여자, 하루’나 ‘오빠, 여자, 나’는 하나로 묶일 수 없었다. 이제 여자를 빼고 오빠와 나 사이에 가족을 논할 수 없으며, 오빠에게는 나보다 더 가까운 가족이 생겼다. 나는 이제 손님에 가까웠다. 내 심장 깊숙이 박혀 있던 오빠라는 파편은 이제 영원히 떨어져 나가는 것이었다. 그런데 왜 울컥 눈물이 쏟아지려 하는지 모를 일이었다. 오빠랑 나 사이가 뭐 그리 애틋했다고. 오빠가 내 곁을 떠나는 건, 오빠가 대학생일 때 집 떠나던 거랑 같은데. 하지만 그 때랑은 뭔가가 다르다는 걸 부정할 수 없었다.

하루가 떠났다.

학교에서 돌아오면 이미 하루는 새로운 사람에게 보내지고 없을 거라는 걸 알고 있었다. 그래도 혹시 마지막으로 얼굴을 볼 수 있을까 싶어서 야자도 빼고 달려왔는데.

현관 문고리의 서늘한 감촉이 손에 닿는 순간, 이 너머에 하루가 없다는 게 분명해졌다. 덜거덕, 문 따는 소리가 들릴 때부터, 아니, 멀리서 들려오는 발소리를 알아채고부터 문틈에 코를 박고 킁킁, 뜨거운 콧김을 내뿜던 하루가 있다면 문고리를 잡은 내 손이 이렇게 차가울 리 없었다. 그래도 문을 열기 전 숨을 한 번 크게 들이마셨다. 열자마자 튀어나오는 하루 때문에 생긴 습관이었다. 몇 번 더 그러기를 반복하다가 결국 문을 열었다. 동시에 나를 덮쳐오는 건, 팔딱팔딱 심장이 뛰는 하루가 아니라 캄캄한 어둠이었다.

서둘러 불을 켰다. 하루 발을 밟을까 봐 조심하며 더듬더듬 전등 스위치를 찾던 때가 그리웠다. 그땐 어둠 속에 오래 있어도 무섭지 않았다. 하루는 실수로 발을 밟아도 깨갱거리기는커녕 세차게 꼬리를 흔들며 들어 올린 두 앞발을 내게 뻗기 바빴다. 왜 이렇게 늦게 왔냐고 칭얼대는 아이처럼. 그래도 내 곁으로 돌아와줘서 고맙다고 안기는 사랑처럼.

회색 시멘트 바닥이 훤히 보이도록 물어뜯긴 장판은 그대로였다. 우둘투둘하고 군데군데 뻥 뚫린 게 꼭 구멍 난 내 가슴 같았다. 하루의 밥그릇이 놓였던 자리는 휑했다. 아침까지만 해도 저기서 내가 가는 줄도 모르고 정신없이 밥을 먹고 있었는데…. 눈만 마주치면 놀아달라고 물어오던 장난감도, 도넛처럼 동그랗게 몸을 말고 자던 방석도 보이지 않았다. 부엌 싱크대 밑에도, 내 방 의자 밑에도, 오빠 방 침대 밑에도 하루는 없었다. 하루의 모든 물건들과 함께 하루가 이 집에서 사라져버렸다.

하루를 처음 만난 곳이 어디였는지, 어젯밤 하루 짐을 챙기면서 어디에 뭐를 두었던지 기억하지 못했던 것처럼 오늘 하루를 보내는 것도 오빠가 까먹어버렸으면 좋았을 텐데….

하지만 하루는 갔다. 영영 가버렸다.

나는 오빠 방에서 내 방으로 돌아와 의자에 몸을 묻었다. 그러다 문득 오빠 방문이 열려 있는데도 내 방에 틀어박혀 있는 스스로를 깨달았다. 어쩐지 딱 이만큼이 '오빠 안의 나'라는 생각이 들었다. 뭐, 이마저도 이제 곧 사라지겠지만. 그러고 보니 '오빠 집'에 '내 방' 자체가 이상했다. 뭔가 어울리지 않는 조합이었다.

문을 따는 소리가 들렸다. 현관으로 나가보니 오빠와 오빠 여자 친구가 함께 들어오고 있었다.

"왔어? 안녕하세요."

나는 짐짓 쾌활한 척 둘에게 인사했다. 오빠 여자 친구가 쑥스러운 듯이 인사를 받았다. 오빠가 말했다.

"일찍 왔네?"

"응. 공부할 기분이 아니라서."

먼저 신발을 벗은 오빠 여자 친구가 방으로 들어갔다. 오빠가 신발을 벗어 여자 친구 것과 함께 신발장에 정리하며 말했다.

"하루, 잘 갔어. 좋은 사람 같더라. 뭐, 걔 성격이면 어디든 잘 적응하겠지만. 아, 친구도 있대…."

나는 어느새 오빠 집 신발장에 자연스럽게 자리한 오빠 여자 친구의 신발들을 보느라 그 뒷말은 귀에 들어오지 않았다.

신발을 다 정리한 오빠가 방으로 들어가며 문을 닫았다. 나도 내 방으로 들어와 문을 닫았다. 다시 의자에 몸을 묻었다. 벽 너머로 신혼집 계약과 지금 집 처분에 대한 이야기가 들려왔다.

나는 바닥을 내려다보며 하릴없이 의자를 빙그르르 돌렸다. 그런데 책상 밑 한구석에 찍힌 갈색 동그라미가 얼핏 스쳐 보였다. 하루 똥인가? 나는 의자를 멈추고 책상 밑으로 기어들어갔다. 자세히 살펴보니 피가 말라붙은 거였다. 이런 곳에 웬 피지? 순간 스쳐 지나가는 게 있었다. 어제 하루 입에서 나던 피비린내, 하루 깁스 풀면서 수의사가 곧 생리할 거라고 마음의 준비 하라던 말. 나는 휴대폰을 주워 '강아지 초경'을 검색해봤다.

〈6개월에서 10개월 안에 초경을 하고, 어느 정도는 자기가 핥아서 처리한다.〉

순간 눈앞이 뿌예지면서 글자가 흐릿해졌다. 혈압 잴 때처럼 가슴이 먹먹해지면서 숨이 잘 쉬어지지 않았다. 가슴을 세게 움켜쥐어봐도 고통이 가라앉지 않았다.

악악, 나는 까마귀처럼 울었다. 눈물이 쉼 없이 차올라서 모든 것이 부들부들 떨려 보였다. 순간 왜 하루를 처음 만나러 가던 날 스쳐 지나갔던 차창 불빛들이 떠올랐는지 모르겠다. 나를 벗어난 눈물은 이제 막 어른이 되어가던 하루의 흔적 위로 '촉!' 하고 떨어졌다. 방울방울. 그 위로 방울방울. 하지만 너무 오래돼서 녹아나지도, 원래의 맑은 빛깔로 돌아오지도 못했다.

그때 뚝, 하고 내내 마음을 짓눌러오던 무거운 돌덩이가 끊어지는 느낌이 들었다. 그런데 이상했다. 가볍고 홀가분한 기분이 아니라 뭔가 텅 비어버린 것처럼 허전했다. 그 무게에 너무 익숙해져버린 탓이었다. 익숙해선 안 됐는데. 그럼 하루를 함부로 대하는 일도 없었을 텐데. 사실은 나도 엄마로서의 책임, 오빠로서의 책임을 망각한 그들과 다를 바가 없다는 걸 이제 인정해야 했다.

울음을 그치고, 나는 핏자국을 지울지 말지 고민했다. 지우자니 뭔가 망설여지고, 이대로 두자니 먼지 같은 게 엉겨붙어서 더러워질 것 같았다. 결국 나는 어제 하루가 뜯어놓은 물티슈들을 담아둔 봉지에서 물티슈를 하나 꺼내들었다. 아직 촉촉했다. 물기가 없었다면 지우는 걸 포기했을지도 모르는데.

나는 촉촉한 물티슈를 핏방울에 대고 문지르기 시작했다. 오래돼서인지 잘 지워지지 않았다. 다행이었다. 나는 천천히 닦아내면서 하루에게 끝내 하지 못한 마지막 인사를 전했다.

안녕, 하루야. 안녕, 어린 시절의 나….

붉은 궤적을 남기면서 서서히 지워지는 하루의 흔적이 자책하는 나를 다독여주는 것 같았다. 그러자 마지막으로 하루 얼굴을 못 본 것도 괜찮아졌다. 구 년이 지나도 토토를 생각하면 생생히 떠오르는 것처럼 하루도 내 기억 속에 평생 간직하면 되었다. 물티슈를 꼭 쥔 손을 타고 하루가 내게로 흘러 들어오는 것 같았다. 하루의 피가 내 혈관으로 스며들어 손등으로, 팔뚝으로, 마침내 심장으로. 그렇게 하루는 내 가슴 속에 남았다.

나는 얼마 안 되는 짐을 챙겨 조용히 오빠 집을 나왔다. 그리고 기숙사로 향했다.

문학의 미래, 미래의 문학

2016년 11월 30일 제1판 제1쇄 펴냄

지은이 고진 김휘강 김혜경 정혜진 송송희
편집 모영철
펴낸이 박문수
펴낸곳 도서출판 박문수책
등록 2009년 2월 6일 제13-2009-24호
주소 03964 서울특별시 마포구 망원로7길 3-6(망원동)
전화 02-322-5675
전자우편 mspark60@dreamwiz.com

ISBN 978-89-969754-8-9 03810